中华传世小品

清言雅语

明清清言小品

余祖坤 桑大鹏 程不识 编著

长江出版传媒
崇文书局

图书在版编目（CIP）数据

清言雅语 ： 明清清言小品 / 余祖坤，桑大鹏，程不识编著．
—武汉 ： 崇文书局，2017.1
（中华传世小品）
ISBN 978-7-5403-4292-0

Ⅰ．①清…
Ⅱ．①余… ②桑… ③程…
Ⅲ．①小品文－作品集－中国－明清时代
Ⅳ．① I264.8

中国版本图书馆 CIP 数据核字（2016）第 271319 号

清言雅语：明清清言小品

责任编辑　程　欣　刘　丹
出版发行　长江出版传媒｜崇文书局
地　　址　武汉市雄楚大街 268 号 C 座 11 层
电　　话　(027)87293001　邮政编码　430070
印　　刷　湖北鄂东印务有限公司
开　　本　680mm×960mm　1/16
印　　张　16.25
字　　数　190 千字
版　　次　2017 年 1 月第 1 版
印　　次　2017 年 1 月第 1 次印刷
定　　价　31.50 元
（如发现印装质量问题，影响阅读，请与承印厂调换）

总　　序

1993年，湖北辞书出版社出版了“小品精华系列”，一共十册：《历代尺牍小品》《历代幽默小品》《历代妙语小品》《历代寓言小品》《历代山水小品》《历代诗话小品》《历代笔记小品》《历代禅语小品》《明清清言小品》《明清性灵小品》。这套“小品精华”，风格亲切幽默，平易近人，深受欢迎。二十多年过去了，许多想得到这套书的读者，早已无处可购。考虑到读者的需要，崇文书局拟在“小品精华系列”的基础上，精益求精，隆重推出“中华传世小品”，第一辑为十册。主持这套书的朋友嘱我写几句话，我也乐于应命，有些关于小品的想法，正好借这个机会跟读者交流交流。

“中国历史上写作小品文的作家，多半是所谓名士。”现代作家伯韩的这一说法，流传颇广。那么，什么是名士呢？伯韩以为，也就是一种绅士罢了，不过与普通绅士有所不同而已。他们“多读了几句书，晓得布置一间美妙的书斋，邀集三朋四友，吟风弄月，或者卖弄聪明，说几句俏皮话，或者还搭上什么姑娘们，弄出种种的风流韵事来。这都算是他们的风雅”。

这样来看中国历史上的小品，如果不是误解的话，真要算得上不怀好意了。

据《论语·先进》记载：一天，孔子和子路（仲由）、曾皙（曾点）、冉有（冉求）、公西华（公西赤）在一起，他要几个弟子谈谈自己的志愿。子路第一个发言说："一千辆兵车的国家，处在几个大国之间，外有军队侵犯，内有连年灾荒。让我去治理，只消三年光景，便可使人人勇敢，而且懂得同列强抗争的办法。"孔子听了，淡淡一笑。冉有的志愿是："一个纵横六七十里，或者五六十里的小国，让我去治理，三年时间，可使人人丰衣足食。至于修明礼乐，那就有待于贤人君子了。"第三个回答孔子的是公西华，他说："不是我自以为有什么了不得的才能，只是说我愿意来学习一番。国家有了祭祀的典礼，或者随着国君去办外交，我愿穿着礼服，戴着礼帽，做个好傧相！"公西华说话时，曾点正在弹瑟，听孔子问他："点，你怎么样？"曾点放下手中的瑟，站起来道："我的志愿跟他们三位都不相同。暮春三月，穿一身轻暖的衣服，陪着年长的、年轻的同学，到沂水沙滩上去洗洗澡，到舞雩台上去吹吹风，一路唱着歌回来！"孔子感叹道："我赞同曾点的想法！"孔子以为，子路等三人拘于礼、仁，气象不够开阔、爽朗。只有精神发展到能够怡情于山水自然的境地，人格才算完善。

孔子这种陶醉于山水之美的情怀，由魏晋时代的名士做了淋漓尽致的发挥。有一部书，专记当时名士的言行，名叫《世说新语》。其中有个人物谢鲲，他本人引以自豪的即是对山水之美别有会心。晋明帝问谢鲲:“你自己以为和庾亮相比怎么样?”谢鲲回答说:“身穿礼服,庄严地站在朝廷之上,作百官表率,我不如庾亮;但是,一丘一壑(指在山水间自得其乐),臣自以为超过他。”以“一丘一壑”与朝廷政务并提,可见其自豪感。因此,当著名画家顾恺之为谢鲲画像时,便别出心裁地将他画在岩石中。问顾为什么这样,顾答道:“谢自己说过:‘一丘一壑,臣自以为超过他。’所以应该把这位先生安置在丘壑中。”足见魏晋名士的趣味相当一致。

也许是由于魏晋以降的儒生多拘束迂腐,也许是由于全身心陶醉于山水之美的魏晋名士对老庄更偏爱些,后世人往往将名士风流与儒家截然分为二事,似乎它们水火不容。晚明袁宏道在《寿存斋张公七十序》中批评这种误解说:

> 山有色,岚是也。水有文,波是也。学道有致,韵是也。山无岚则枯,水无波则腐,学道无韵,则老学究而已。昔夫子之贤回也以乐,而其与曾点也以童冠咏歌,固学道人之波澜色泽也。江左之士,喜为任达,而至今谈名理者必宗之。俗儒不知,叱为放诞,而一一绳之以理,于是高明玄旷清虚澹远者,一切皆归之二氏。而所谓腐滥纤啬卑滞扃局者,尽取为吾儒之受用,吾不知诸儒何所师承,而冒焉以为孔氏之学脉也。

袁宏道的结论是:“颜之乐,点之歌,圣门之所谓真儒也。”这话是有几分道理的。

上面说了那么多,其实是要说明一点:孔子是中国古代第一位小品文作家,《论语》是中国古代第一部小品文著作。以小品的眼光来读《论语》,不难发现一个亲切而又伟大的孔子。

比如,从《论语》中不仅能看出孔子陶醉于山水之美的情怀,还能感受到他那无坚不摧的幽默感。孔子曾领着一群学生周游列国,再三受到冷遇,途经陈、蔡时,被两国大夫率众围困,“不得行”,粮食没有了,随行的人也病了,而孔子依然“讲诵弦歌不衰”。他开玩笑地问:“‘我们不是野兽,怎么会来到旷野上?’莫非我的学说错了吗?”颜渊回答说:“夫子的学说极其宏大,所以天下不能容纳。不能容纳有什么不好呢?这才见出你是真正的君子。”孔子听了,油然而笑,说:“你要是有很多财产的话,我愿给你当管家。”置身于天下不容的困境中,孔子师徒仍其乐陶陶,在于他们互为知己,确信所追求的目标是伟大的。北宋的苏轼由此归纳出一个命题:“师友以道相乐,乃人间之至乐也。”

在人们的感觉中,身居显位的周公是快乐的、幸福的。其实未必然。召公负一代盛名,管叔、蔡叔是周公的弟弟,连他们都怀疑周公有篡夺君位的野心,何况别人呢?这样看来,周公虽坐拥富贵,却无亲朋与之共乐。苏轼由此体会到:周公之富贵,不如孔子之贫贱:富贵不值得看重。他的

《上梅直讲书》说的就是这个意思。

据《论语》记载，孔子还曾有过一件韵事。跟孔子同时，有个名叫南子的美女，身为卫灵公夫人，却极度风流淫荡。一次，她特地召见孔子。孔子拜见了她，还坐着她的马车，在城内兜了一圈。性情爽直的子路很不高兴，对孔子提出非议，孔子急得发誓说："假如我孔某有什么邪念的话，老天爷打雷劈死我！"

对孔子的这件浪漫故事，历史上有两种不同的解释。一种说法认为：孔子是迷恋南子的漂亮。另一种意见则较为规矩，其代表人物是南宋的罗大经。罗大经在《鹤林玉露》中说：南子虽然淫荡，却极有识见，"有后世老师宿儒之所不能道者"。孔子之所以去见南子，即因看重她的识见，希望她改掉淫行，成为卫灵公的好内助。"子路不悦，是未知夫子之心也。"

前一种说法似乎亵渎了孔子，但未必没有可取之处。孔子讲过："吾未见好德如好色者也。"在他看来，好色是人的不可抗拒的天性，任何人都没有资格假定自己从不好色。所以，当孔子向子路发誓，说他行端影直的时候，我们真羡慕子路，有这样一位可以跟学生赌咒发誓的老师。孔子让我们相信：圣人确有不同凡俗的自制力，但并不认为他人的猜疑是对他的不敬。相反，他理解这种猜疑，甚至觉得这种猜疑是理所当然的。

孔子是一个伟大而又亲切的小品作家，《论语》是一部伟大而又亲切的小品文著作。亲切而又伟大，这就是小品的魅力。关于中国历代小品的定位，理应以《论语》作为坐标。我想与读者交流的，主要的也就是这个看法。

回到“中华传世小品”，这里要强调的是，这套书所秉承的正是《论语》的传统。它们的作者，不是伯韩所说的那种“名士”，而是孔子、颜渊、曾点这类既活出了情怀、又活出了情调的哲人。不需要故作庄严，也绝无油滑浅薄，那份温暖，那份睿智，那份幽默，那份倜傥，那份自在，那份超然，足以把生活提升到一个令人陶然的境界。读这样的书，才当得起“开卷有益”的说法。

愿读者诸君与“中华传世小品”成为朋友！

武汉大学文学院教授、博士生导师　陈文新

前　　言

小品文是一种艺术性很强的文体，清言更是如此。“清言”作为小品文的一个种类，在明清之际曾风行一时，许多著名作家，如屠隆、袁宏道、陈继儒、张潮，都曾在这一领域，留下优美的篇章。只是，对这一类文字一直没有一个统一的称呼，或称之为“清言”（屠隆《娑罗馆清言》），或称之为“杂著”（吴从先《小窗自纪》），或称之为“杂语”（董斯张《朝立玄阁杂语》），或称之为“清话”（陈继儒《太平清话》），或称之为“清语”（倪永清《幽梦影》批语），用词各异，所指则一：一种格言式、语录体小品文。所以现代也有人即以“文艺格言”“语言小品”称之。有的学者建议：为了方便称呼，以利统观，以为文学史的考察，应选择写作较早且出色的屠隆《娑罗馆清言》所用“清言”二字，作为这一类文字的专有名称。这一称谓，正逐步为学术界认同。因此，本书即以“清言”名之。

明清清言往往采用精巧的修辞和凝练的语言，表达深刻睿智的人生感受和人生体验。其题材十分广泛，山林泉石、鱼虫花鸟、国家治乱、世态炎凉，无所不谈。语言文字则三教经典、稗官野史、街谈巷语，任意驱遣。篇幅则极其短小，多则数行，少则仅数字。

清言这种文学样式，并非无源之水，无根之木。它的源头，或可上溯到《老子》和《论语》。《论语》，乃孔门弟子对孔子言论的纂集；《老子》，有人将其称为格言诗。不妨说，老子、孔子的博大思想体系，就是建立在这种语录连缀的裁体上。让我们看看下面两段话：

智者乐水，仁者乐山。智者动，仁者静。智者乐，仁者寿。（《论语·雍也》）

五色令人目盲，五音令人耳聋，五味令人口爽，驰骋畋猎令人心发狂，难得之货令人行妨。（《老子·十二章》）

这种对自然的体认、对人生的把握，这种整饬而又灵动的句式，在清言中得到发扬，从上面的引文中，我们不难看出二者之间一脉相传的关系。此外，记录魏晋士人言行的《世说新语》，对清言的内容也有较大的影响。魏晋之际和明清之际的士人崇尚清谈，这是人所共知的，但形式却有所不同。魏晋清谈多是士人手执麈尾，相对晤谈。其咳唾珠玉，乃赖《世说新语》辑录，得以流传。而明清清谈，则表现在文人纷纷操觚染翰，不徒以口舌逞快。

清言的作者，大都是晚明、清初的文人。为什么明清之际的文人热衷于清言的写作呢？也许可以从时代和文学发展两方面略窥端倪。首先，明清之际的文人所处的时代，或者是宦官当权，党祸迭起；或者是异族入侵，战逢频仍。而中国文人向来就有斗士和隐士两种：有人用鲜血和生命为代价，去抗争邪恶，维护正义；也有人“苟全性命于乱世，不求闻达于诸侯”，采取高蹈隐世的态度。随着商品经济的发展，一些文人卖文为生，形成一个特殊的市隐阶层，他们在儒释道经典里求得慰藉，在泉石花草中寻找乐趣。这些人中，不乏禅净双修、定慧俱足的高士，也不乏琴棋书画诸艺皆精的才子。他们具有谈玄论禅、评诗品画的资本，发之口吻为清谈，诉诸笔端则为清言，形成一个数量可观的作家群。

其次，专制的年代，也往往是"异端邪说"旁逸横出的年代。被统治者视为"大逆不道"的李贽的启蒙主义思想，对晚明文人影响甚巨。在文学创作方面，"公安三袁"提出了"独抒性灵，不拘格套"的主张，意在破除"物不古不灵，人不古不名，文不古不行，诗不古不成"的局面，并且身体力行写作了许多最能体现个人情态的小品文，在他们的推动下，晚明小品出现万卉争艳的气象。而清言作为小品中的小品，自然也不例外。许多中下层的士人抱着一种"隐居放言，知罪任之"的心态，采用清言这种信手拈来、适意而止的灵便形式来抒发愤懑，于是在"山居""田栖""焚香""斗茗"的字面下，我们看到"其中有不平，有讽刺，有攻击，有破坏"。（鲁迅《小品文的危机》）

数百年来，清言一直拥有广大的读者群。它之所以能保持经久不衰的魅力，重要的原因就在于其文体言简意赅，雅俗共赏。大多数清言都采用骈散兼行的笔法，使骈文的整饬对偶之美、声韵协调之美、辞藻雅丽之美与散文的错综变化之美、气势畅达之美、本色平实之美，相辅相成地体现在极其短小的篇幅里，真可谓"举一毛端建宝王刹，坐微尘里转大法轮"。试看下列几则：

让我们先来一睹清言风貌：

阶前草色时邀客，宁愁踏碎落花；庭下松荫自著书，但喜坐残明月。

楼前桐叶，散为一院清荫；枕上鸟声，唤起半窗红日。

杏花疏雨，杨柳轻风，兴到忻然独往；村落浮烟，沙汀印月，歌残倏尔言旋。

论声之韵者，曰溪声、涧声、竹声、松声、山禽声、幽壑声、芭蕉雨声、落花声，落叶声。皆天地之清籁，诗坛之鼓吹也。然销魂之听，当以卖花声为第一。

诗的语言，诗的意境，它带给我们的审美愉悦，简直难以用语言诠表，优秀的清言作品，快若并州之剪，爽若哀家之梨，雅若钧天之奏，旷若空谷之音，无怪乎那么多文人雅士成为它热心的读者、品点者、写作者、编纂者及刊刻者。

有的清言作品，作者在写作时抱有“化诱庸俗”“指点沉沦”的宗旨，把儒释道三教精粹，化为警世的格言，人们可以从中寻求修身齐家、待人处事的圭臬。寺庙道观则将其作为“善书”大量刊行，免费赠给民众。流传最广的《菜根谭》即是其中一种。“旧时王谢堂前燕，飞入寻常百姓家”，清言从“象牙塔”中走向了民间，识字者得以目睹，不识字者得以耳闻，它已不再仅是知识分子的专属了。

清言，作为过去时代的产物，当然也不可避免地带有过去时代的烙印。雅语、清语、俊语、逸语俯拾皆是，而陈腐语、油滑语，也时有所见。这是我们所不能不提及的。

关于这部清言小品的编选，也须做以下几点说明：本书选择了《娑罗馆清言》《偶谭》《岩栖幽事》和《幽梦影》四部作品。为方便读者阅读，做了必要的注释，删去若干征引佛藏道藏典故过多及音韵训诂之类过于专业化的条目。撰写了作者小传及部分批语作者小传，标题由提取文中中心词而成，并增加了品读文字。

目　　录

娑罗馆清言

屠　　隆（明）

屠隆（1542—1605），字长卿，又字纬真，号赤水，别号由拳山人、一衲道人，蓬莱仙客，晚年又号鸿苞居士。浙江鄞县（今属宁波市）人。万历五年（1577）进士。曾任颍上、青浦知县及礼部主事，历议事郎中。为人豪放不羁，袁宏道颇为激赏，曾说："游客中可语者，屠长卿一人，轩轩霞举，略无些子酸俗气。"（《与王以明书》）任县令时，经常招携当地名士登山临水，饮酒赋诗，以"仙令"自许，然而并不废弃公务，因之颇得士民爱戴。在礼部任上，终因诗酒狂放，为仇家诬陷，被劾罢官。归田后因家贫，遂以卖文为生。屠隆生有异才，"诗文率不经意，一挥数纸。尝戏命两人对案，拈二题，各赋百韵，咄嗟之间，二章并就。又与人对弈，口诵诗文，命人书之，书不逮诵也"。（《明史·文苑传》）屠隆学问淹博，对佛道也颇有研究，工诗、能文、通音律、善清言。著述甚丰，诗文集有《由拳集》《白榆集》《南游集》《鸿苞集》《栖真馆集》等，戏曲作品有传奇《修文记》《彩毫记》《昙花记》三种。

是命不同

子房虎啸①，安期生豹隐于海滨②；药师龙骧③，魏先生蠖屈于岩穴④。繄岂异才⑤？寔命不同⑥。

【注释】

①子房：张良，字子房，佐刘邦建立汉朝，封留侯。虎啸：比喻豪杰奋发有为。

②安期生：古代传说中的仙人。旧题刘向《列仙传》："安期先生者，琅琊阜乡人也，卖药于东海边，时人皆言千岁翁。"豹隐：比喻隐居伏处，爱惜其身，有所不为。典出刘向《列女传》："妾闻南山有玄豹，雾雨七日而不下食者，何也？欲以泽其毛而成其文章也，故藏而远害。"

③药师：李靖，本名药师，唐开国功臣，封卫国公。龙骧：龙腾跃或昂举，比喻威盛。

④魏先生：疑指战国时魏国隐士梧下先生。他曾设法使魏王接见久滞于魏的卫田使者。蠖屈：屈身隐退。

⑤繄（yī）：是。

⑥寔（shí）：同"实"。

【品读】

这段话的前面四句，连续运用了两层对比：张良运筹帷幄，决胜千里，最后协助刘邦统一天下，建立汉朝，他本人则成为开国元勋，千古名臣；而同为秦汉之际的安期生，则一生隐居不出，不问世事；李靖由于得到唐太宗的赏识，最后官封卫国公，成为唐代名将；而战国时期魏国的梧下先生，终其一生，也只是一个隐士。最后作者说：这难道是由于他们的才能不同吗？其实不然，这其实只是他们每个人的命运不同罢了。

作者屠隆生活在晚明时期，晚明文士普遍具有一种清高、淡远、萧散的心态，同时不免夹杂着些悲凉绝望的末世气息。屠隆作为晚明小品文的一位代表性作家，当然也是如此。他认为，不同的命运决定了张良、安期生、李靖、梧下先生的不同人生道路。——这里，不是隐隐地透露出晚明文人的一种绝望的末世气息吗？其实，每个人的不同人生，固然与每个的机缘密切相关，但不同的人生命运，主要还是由我们每个人的主观选择与努力决定的。

屠隆的这段话，连用了四个典故，对偶精巧，同时还连续运用了两层对比，鲜明地体现了屠隆对语言艺术的有意追求。

黄粱与白骨

三九大老[①]，紫绶貂冠[②]，得意哉，黄粱公案[③]；二八佳人，翠眉蝉鬓[④]，销魂也，白骨生涯。

【注释】

①三九：三公九卿。大老：对年高望重者的敬称。

②紫绶貂冠：古代显官衣冠上的饰物。紫绶，紫色丝带。貂冠，插有貂尾的冠。

③黄粱公案：唐代沈既济《枕中记》写一穷困书生卢生，于邯郸客店中遇道人吕翁，翁授之枕，使入梦。卢生梦中享尽荣华富贵，及醒，主人蒸黄粱饭尚未熟，后用以比喻富贵乃弹指一瞬间，终归虚妄。

④蝉鬓：古代妇女发式的一种。光润如鲜，故曰蝉鬓。传为魏文帝宫人莫琼树所创。

【品读】

那些位高权重的名公巨卿，身穿各种华丽的服饰，享受着人间的荣华富贵，但是那些奢华的生活，原只不过是黄粱一梦罢了，转眼即会成空；那些正值妙龄的美人，有着惊人的、令人销魂的美貌，但即使她们再漂亮，也摆脱不了走向衰老和死亡，最终变成一堆枯骨。——屠隆的这番人生体悟，虽说有些消极，但却是异常深刻的，短短几句话，已痛入骨髓。

晚明时期，很多文人都有很深的佛学修养，包括屠隆在内的小品文作家当然也是如此。屠隆的这段话，明显也包含着佛家“无常”的观念。佛教认为，诸法是因缘而生，也就是说，一切现象都是因缘和合而成，也就是没有自性的，是空的，是性空、真空。由于因缘会变异而终将灭坏，因此说是“无常”。就像《金刚经》中所说：“一切有为法，如梦幻泡影，如露亦如电，应作如是观。”在佛教看来，万事万物都处于刹那生灭、无常无我、虚幻不实之中。这，就告诉人们，对于刹那生灭、虚幻不实的东西，不能太过执着，否则就会带来种种巨大的人生痛苦。在禅家看来，如果我们能消弭世俗的妄念，消弭固执与对立，消弭紧张和焦虑，才能获得空灵玄妙的智慧，朴素自然的心情，随缘自适的态度，最终才能获得本应属于我们的完美生命。

烟火神仙

口中不设雌黄①，眉端不挂烦恼，可称烟火神仙；随宜而栽花竹，适性以养禽鱼，此是山林经济②。风晨月夕，客去后，蒲团可以双跏③；烟岛云林，兴来时，竹杖何妨独往。

【注释】

①雌黄：评论，随便议论。雌黄为黄色矿物，可作颜料，古人常用雌黄蘸笔，涂改错字。

②经济：经国济民。

③双跏(jiā)：佛教徒坐法，即双足交叠而坐。

【品读】

晚明文人普遍推崇一种以消闲遣兴、修心养性为目的的艺术化的生活方式。他们没有战国士人那种救世热肠，没有唐人那种高昂自信的理想抱负，也没有宋人那种巨大的人生担当……他们只追求眼前自由自在的生活，或写字作画，或吟诗作赋，或参禅访道，或烹茶煮酒……虽然这种艺术化的生活方式，前代早已有之，但只有到晚明文人这里，才被发挥到淋漓尽致的境界。

晚明文人这种艺术化的生活方式，不同于一般隐士的生活方式，因为它不是完全排斥日常的世俗生活。晚明文人这种艺术化的生活方式，是将日常世俗艺术化，使平常的生活显示出一种文人特有的雅致品位。当然，这种雅致的品位，从根源上是由他们追求脱俗、萧散、自由、放达的精神品位决定的，没有这种精神品位，世俗的东西就永远只能是俗不可耐的。

屠隆上面这段话，以诗一般的语言，鲜明地向我们展示了他的日常生活情景：口中不论时事，心中没有烦恼，自由自在，无拘无束，简直就像神仙一样。平时种种花草，或者养养禽鱼，不被官场那些繁重不堪的事务所烦扰。在无比幽静的山林环境之中，作者虽不问世事，但也不乏志同道合的知己。时而和朋友高谈阔论，时而一个人参禅打坐，兴来之时，又往往一个人出去，尽情欣赏山林中的美景。多么幽美的景致，多么闲适的心态，多么自由的生活……

论人情与全天真

覆雨翻云何险也，论人情，只合杜门；嘲风弄月忽颓然，全天真[①]，且须对酒。

【注释】

①全天真：保争天真。天真，指未受礼俗影响的本性。

【品读】

晚明文人中，有很多人都有当官的经历，所以他们对世事的险恶、人心的难测体会得极其深刻。屠隆在万历年间，当过县令，其间由于他人的弹劾，曾被罢官。这段经历，使他对世态人情有了切身的体会。

在这段话中，他说：只因人心险恶，所以为了避免是非，最好是杜门不出；可写诗抒情，嘲风弄月，有时也会招来非议，为了保全自己本真的个性，最好的办法，恐怕只有纵情于饮酒了。

如果我们细细体会屠隆的这段话，就不难发现，屠隆的字里行间，看似随意洒脱，但其中分明包含着他对当时险恶的世态人情的鞭挞。

北窗一枕

道上红尘，江中白浪①，饶他南面百城②。花间明月，松下凉风，输我北窗一枕。

【注释】

①道上红尘，江中白浪：指旅途（也隐喻仕途）的辛劳与险恶。

②南面百城：喻统治者的尊荣富贵。古代以南面为尊位，百城指辖地广大。

【品读】

这段话也表现了屠隆对官场生活的鄙视和厌倦，对自己自由生活的由衷的满足之情。在他看来，一个人，即使地位再高，权再重，都免不了各种行政事物的纠缠，终日必须为各种事物操心，而如果远离官场，回归自然，相反却能无忧无虑，轻松自在。

谈禅与说鬼

净几明窗，好香苦茗，有时与高衲谈禅①。豆棚菜圃，暖日和风，无事听闲人说鬼。

【注释】

①衲：僧衣。称僧人也曰“衲”，或称“衲子”。

【品读】

这可以说又是一副巧夺天工的对联，也再一次证明，晚明清言是一种精致而优美的格言式小品。

晚明清言小品内容十分丰富，而其中十分常见的内容是参禅论道，充满了一种玄远之趣，同时，晚明小品作家也喜欢说些花妖狐鬼的故事，又表现出一种浓厚的谐趣。对于晚明文人来说，谈禅无疑是一件十分高雅脱俗的事；同时，谈妖说鬼也未尝不是一件韵事。

由此可见，晚明文人的生活，亦庄亦谐，亦雅亦俗，既超然世外，却又富有生活气息。

此外，这段话里的“无事”二字堪称文眼，最值得注意。平常我们世人都不甘平凡，不甘寂寞，总是无事生非，没有找事：不该要的，却起贪心；不该生气的，却起嗔心；不该乱想的，却起邪见……在佛家看来，这都是自寻烦恼的表现。如果我们真正做到“无事”，真正做到随遇而安，顺其自然，何愁得不到解脱呢？

花开花谢

老去自觉万缘都尽，那管人是人非。春来尚有一事关心，只在花开花谢。

【品读】

这段话所表达的依然还是这样一种心态：对纷纭复杂的世事了不关心，相反，对于人间的美景、自然的变幻，始终充满一种热爱和兴趣。晚明小品作家，对于政治普遍没有什么热情和兴趣，相反，他们对于自然、对于自由的生活特别喜爱，所以表达他们对于自己自由生活的满足之感和惬意之情，就成了晚明清言的一个常见主题。

晚明小品作家对于大自然的那种深情，无疑是绝大多数当代中国人向往的。在中国古人的心目中，人与自然是平等的，是息息相关、血脉相通的，甚至可以说是一体的。

生死事大

甜苦备尝好丢手，世味浑如嚼蜡。生死事大急回头，年光疾于跳丸[①]。

【注释】

①跳丸：喻时光转瞬即逝。

【品读】

晚明文人大多有一种末世的悲观情调，这段话也十分鲜明地体现了这一点。不过，它依然饱含着深刻的人生哲理。

中国古代文人普遍都有一种强烈的生命意识和时间意识，他们常常感叹时间飞逝，青春易老，生命短暂，而且常常表现出对于衰老的无奈，对死亡的恐惧。如果你不理解古代文人的深层心理，恐怕就会认为他们都是一些十分消极悲观的人。我不是这样认为的。其实，中国古代文人恰恰就是因为他们太爱自己的人生，太爱眼前的生活，太执着于自己的理想，所以容不得时光的空度，这就导致了他们内心强烈的紧迫感和焦虑感。

晚明文人虽然大多不问世事，但他们对于自然，对于自己的生活，却是富于深情的。所以，他们也有一种时间的紧迫感。这种紧迫感，恰恰从反面说明他们对于自己生活的由衷喜爱与满足。

虚空与无我

无物能牢，何况蠢兹皮袋[①]。有形皆坏，不闻烂却虚空[②]。

【注释】

①皮袋：指人的身体。刘克庄《寓言》诗："赤肉团终当败坏，臭皮袋死尚贪痴。"

②虚空：天空。

【品读】

屠隆和其他多数晚明文人一样，都有很强的老庄哲学和佛家哲学的修养，所以他的小品中，经常流露出老庄哲学和佛教哲学的观念。

虚空是佛教哲学的一种观念，而这一点，与老庄哲学中的虚静观念，在一定程度上是有相通之处的。屠隆的这段话是说，世上任何事物都是不能长久存在的，何况我们身上的这身躯壳？只要是有形的东西，都会消失或者走向死亡，但却从未听说虚空这种东西会腐烂消亡。——这实际上就是佛教无常观念的流露。佛家认为“诸行无常，诸法无我”，我们只有消除各种分别心，真正做到无欲，无求，无我，才能摆脱轮回的无边苦海；如果我们以无为有，以空为乐，反而能享有无限、无量、无穷、无尽的世界。

直指本心

坐禅而不明心，取骨头为工课，马祖戒于磨砖[①]。谈经而不见性，钻故纸作生涯，达摩所以面壁[②]。草色花香，游人赏其有趣；桃开梅谢，达士悟其无常。

【注释】

①马祖戒于磨砖：马祖，即唐代僧人道一。曾向南岳怀让禅师学习禅定，后在江西传法，弟子众多，因俗姓马，故时号马祖。《五灯会元·南岳怀让禅师》载：“（马祖）在衡岳山常习坐禅，师（怀让）知是法器，往问曰：‘大德坐禅图什么？’一曰：‘图作佛。’师乃取一砖，于彼庵前石上磨。一曰：‘磨作什么？’师曰：‘磨作镜。’一曰：‘磨砖岂能成镜耶？’师曰：‘磨砖既不成镜，坐禅岂得作佛？’”后常以磨砖成镜喻事情不会成功。

②达摩：菩提达摩的省称。天竺人，梁朝普通元年入中华，后止于嵩山少林寺，面壁九年而化，禅宗称为中华初祖。面壁：即坐禅。面向墙壁，端坐静修。

【品读】

真正的佛法禅心，并非语言文字或者任何可见可触的事相可以完整表达的。只有超越文字表相、种种思量分别，而直指本心，才能够真正顿悟成佛。如果不能直指本心，而光靠参禅打坐，念佛诵经，是永远不能觉悟成佛的。

自净其心

修净土者[①]，自净其心，方寸居然莲界[②]；学坐禅者，达禅之理，大地尽作蒲团[③]。

【注释】

①净土：此指净土宗，佛教派别之一。所奉菩萨为阿弥陀佛，亦称无量寿佛。此派专主念佛往生，认为信念虔诚，诵念佛号即可托生净土（没有劫浊、见浊、烦恼浊、众生浊、命浊的极乐世界）。

②莲界：谓佛国。

③蒲团：蒲草编结的圆垫。僧人坐禅及跪拜时所用。

【品读】

佛教认为，平常心即是道。也就是说，修行者只要自净其心，那么，不管是行、住、坐、卧，吃、喝、拉、撒，都是修行的途径和过程，不一定非要在蒲团上参禅苦修。如果心不静，不能向自心求，念再多的经，也是无济于事的。所以，佛教说："口念弥陀心散乱，喊破喉咙也徒然。"

破除四相

立心而认，骨肉太亲，则人缘难遣；学道而求，形神俱在，则我相未融[①]。

【注释】

①我相：佛教中的"四相"之一，出自《金刚经》。《金刚经》说："若菩萨有我相、人相、众生相、寿者相，即非菩萨。"

【品读】

无我相，无人相，无众生相，无寿者相，是指对一切境界不思量、不分别、不执着。简单地说就是：不执着于我，不执著于他，不执着于所有众生，乃至于不执著于有生死的一切。

在《金刚经》看来，“四相”恰如一条束缚众生的锁链，正因为有这条无形锁链的牵制，使得众生只得在六道中迁流不止，运转不息。要解脱六道的桎梏，唯一的出路也就是根除我相，人相，众生相，寿者相。而在诸相之中，我相为首。我相一除，其余诸相全无。我相一生，诸相自然应缘而起。

屠隆上面的那段话，实际上就是在讲要破除“四相”，尤其是要破除“我相”。

爱河与苦海

饧粘油腻[①]，牵缠最是爱河[②]；瞎引盲移，展转投于苦海。非大雄氏[③]，谁能救之？

【注释】

①饧(xíng)：用麦芽或谷芽熬制成的饴糖。

②爱河：佛教以情欲为害，如河水可以溺人。

③大雄氏：指佛。佛教认为，佛具大智力，能伏魔障，故名大雄。

【品读】

佛教认为，包括人在内的众生，其生命都是苦的；所有众生的生命，都是一个痛苦的过程。对于人来说，就有“生苦”“老苦”“病苦”“死苦”“怨憎会苦”“爱别离苦”“求不得苦”“五取蕴苦”。世俗人所认为的很多快乐，如爱情，在佛教看来，其实也是苦的特殊表现形式。为什么呢？因为任何快乐，都只是暂时的，人在失去快乐之后，痛苦会更大，一切事物和现象都是无常的。而且，佛教还把人生的苦加以扩大化、绝对化，宣传人生的过去、现在和未来三世皆苦，人间世界，就是一个无边的苦海。芸芸众生，沉沦在茫茫的苦海之中，受尽苦难。那么，如何才能脱离苦海，超脱轮回呢？屠隆说，只有修习佛法，超越生死轮回，才能摆脱一切痛苦，获得解脱。

顿渐与情想

知事理原有顿渐[①],则南北之宗门不废[②];知升坠[③]分于情想,则过现之因果昭然[④]。

【注释】

①顿渐:顿悟、渐悟,佛教的两种修行方法。

②南北之宗门:佛教禅宗分南宗北宗二派,南宗创始人为禅宗六祖慧能,主张顿悟,认为人心本有佛性,可顿然破除妄念,悟得佛果。此派传承甚广,后为禅宗的正派。北宗创始人为神秀,主张渐悟,认为佛性虽本有,但障碍很多,必须渐次修行,方能领悟。

③升坠:升,指升上天堂;坠,指落入地狱。

④过现:过去、现在,前世、今生。

【品读】

在中国佛教史上,禅宗自六祖慧能以后,分为南、北二宗,南宗以慧能为代表,北宗以神秀为代表。慧能与神秀本来都是禅宗五祖弘忍的弟子。弘忍曾与弟子论道,命众人各取本心作偈,看谁是"见性之人"。神秀的偈子说:"身是菩提树,心如明镜台。时时勤拂拭,勿使惹尘埃。"慧能的偈子则说:"菩提本无树,明镜亦非台,本来无一物,何处惹尘埃。"弘忍对慧能的开悟大为赏识,于是将法衣授予慧能,让他继承衣钵。此后,慧能往宝林寺弘法,创立"南宗",倡导"顿悟"。神秀则往北方传法,其法系被称为"北宗",主张"渐修"。

在这里,屠隆认为,事理本身就有顿、渐之别,所以禅宗的南、北二宗,都有其理论意义,任何一宗都不应被排斥。另外,他认为,决定一个人最终是获得超脱,还是坠入无边的痛苦之中,就看他的内心是否清静,是否能消除种种贪欲与妄念。如果一旦认识到自身的清静本性,就可以顿悟成佛,摆脱因果轮回,最终获得解脱。

因果报应

若无后来报应，则造物何以谢颜回[①]？除却永劫灾殃，则上帝胡独私曹操[②]？

【注释】

①颜回：字子渊。春秋末年鲁国人，孔子弟子。好学，安贫乐道，不迁怒，不贰过，在孔门弟子中以德行著称。《论语·雍也》篇中说他"一箪食，一瓢饮，在陋巷，人不堪其忧，回也不改其乐"。后世尊为"复圣"，配享孔庙。

②私曹操：谓对曹操偏爱。按照封建正统观念，曹操挟天子以令诸侯，其子曹丕废汉称帝，于汉可谓不忠。但曹操生前位极人臣，死后又被其子追尊为太祖武皇帝。

【品读】

佛教认为，一切众生，心性原同，而其身心受用，苦乐悬殊的原因，是由于前世之修持不一，所以今生之感报各不相同。所以佛教上说，欲知前世因，今生受者是；欲知来世果，今生作者是。屠隆这段话，通过对颜回和曹操的不同评价，流露出佛教因果报应的思想。颜回这样有德行的人，在后世一定会有好的福报；而像曹操这样的人，虽然在他当世权倾一时，但他终究会遭受永劫不复的灾难。

道气与文心

秃须黄面揣骨法[①]，岂有如许公侯；道气文心标风流，亦是可儿措大[②]。

【注释】

①揣骨法：旧时相术的一种，谓摸骨骼，可预知寿夭、贫富、仕途显晦等。

②可儿措大:使人满意的穷书生。措大,指贫寒失意的读书人。

【品读】

屠隆这段话,表达的是对自己的一种自嘲。其意思是说:自己黄面无须,在那些相面的人眼里,自己绝对没有做大官的福分;虽然自己略通佛家之道和文章之术,却只不过是一个落魄潦倒的书生罢了。

魔　　障

招客留宾,为欢可喜,未断尘世之攀援;浇花种树,嗜好虽清,亦是道人之魔障。

【品读】

《坛经》中说:"于外著境,妄念浮云盖覆,自性不能明。"这就是说,如果我们执着于外境,就会产生种种杂念和妄念,有了种种妄念,就无法识得自己的清净本性。屠隆说,呼朋唤友,宾客满门,固然是一种人生的快乐,但它却会使人产生种种世俗的关系网络,和世俗的是非得失;浇花种树,虽然是一种清雅脱俗的行为,但它终究也是人执着于外境的一种表现。因此,在屠隆看来,无管是世俗人间的交往,还是对自然环境的陶醉,都是执着的表现,都是修行的魔障。

侠气与禅心

角弓玉剑,桃花马上春衫,犹忆少年侠气;瘿瓢胆瓶①,贝叶斋中夜衲②,独存老去禅心。

【注释】

①瘿瓢:有瘿瘤的木制成的酒瓢。胆瓶:长颈大腹之花瓶,其形如

悬胆。

②贝叶斋：泛指放有佛经的斋室。贝叶，指贝叶书，即佛经。贝叶乃菩提树之叶，可用来写经。

【品读】

晚年的屠隆，虽然非常热衷于佛学，但难免会时常回忆起少年时代豪放不羁的生活。那时候，他手执角弓，身佩玉剑，骑着骏马，穿着春天的服装，真是满怀豪情、意气风发。但是进入老年之后，他却万念俱寂，心如止水，陪伴他的，只有瘿瓢、胆瓶、佛经……

这段话运用对比手法，使作者在少年和晚年这两个时期的形象产生了鲜明的对比，给我们留下十分深刻的印象。

礼佛与事君

宝箓祈仙①，金札礼佛，造物尚不得牢笼；褐衣披体，破帽蒙头，君相又安能陶铸②。

【注释】

①宝箓：道家的符箓。

②陶铸：烧制陶器、铸造金属器物。喻指造就、培育。《庄子·逍遥游》："是其尘垢粃糠，将犹陶铸尧、舜者也。"

【品读】

这段话的意思是说，作者以符箓祈求神仙的保护，用金钱供奉佛祖，一次次地请求佛祖的保佑，即使是造物者也约束不了他。他身穿粗布衣服，头戴破帽，萧散自在，无拘无束，即使是君王、宰相，也无法任用他。换句话说就是，他不入仕途，不问世事，自由自在，无拘无束，就是当朝天子也管不了他。显然，这段话表达的是对自己自由生活的自得与满足。

众生皆有佛性

临池独照，喜看鱼子跳波；绕径闲行，忽见兰牙出土。亦小有致，时复欣然。

【品读】

晚明文人特别擅长以清言的形式描写日常生活的景致与意趣，这些描写，往往以简约对称的语言，描绘出他们各种理想的生活景象，犹如一幅幅清雅澹远的文人写意画，具有强烈的艺术魅力。

对于具有审美眼光的人来说，哪怕只是小鱼跃出水面、兰花抽出嫩芽之样细微的景象，也能引起他们的兴趣和欣赏的眼光。而一个人如果缺乏起码的审美眼光，只知终日沉浸在功利的计较之中，对这些人间的美好景致，当然就只能无动于衷了。

不必多事

盘飧一菜[①]，永绝腥膻，饭僧宴客，何烦六甲行厨[②]；茅屋三楹，仅蔽风雨，扫地焚香，安用数童缚帚。未见元放翛然[③]，尚觉右丞多事[④]。

【注释】

①盘飧(sūn)：饭菜。飧，晚饭。也泛指熟食。

②六甲：道教神名，据说可驱使服役。

③元放：汉左慈，字元放。史传谓其有神道。曹操设宴，云："珍馐略备，所少松江鲈鱼耳。"左慈即用铜盘贮水，从盘中钓得鲈鱼，又曹操到郊外，士大夫相从者百余人，左慈乃为每人备酒一升、脯一斤，百官均醉饱。操怪之，使人察看诸酒店，都云丢失了酒脯。曹操心中不快，遂生杀机。详见《后汉书·方术列传》。翛(xiāo)然：无拘

无束、自由自在的样子。

④右丞：唐代诗人王维，官至尚书右丞，故世称“王右丞”，晚年居蓝田辋川，过着亦官亦隐的生活，写了不少田园诗。其中《田园乐》中写道：“桃红复含宿雨，柳绿更带朝烟。花落家童未扫，莺啼山客犹眠。”右丞多事，疑指家童扫花事。

【品读】

当代中国人的物质生活越来越丰富，但是精神生活却越来越贫乏。导致这种现象产生的原因，自然是十分复杂的。但其中很重要的一点，就是人们急功近利的心态在作怪。正是这种急功近利的心态，使当代中国人总是过得那么匆忙。其实，生活的幸福程度，与物质的丰富程度并不是成正比的。只要我们始终保持一颗淳朴简淡的心，那么我们就将永远感到圆满自足，自得其乐。

屠隆的生活条件，尽管简单，但是这对他来说，正是恰到好处。简单的生活，其实就是他简淡心境的生动体现。人，要适应简单的生活，没有一颗淳朴的心，是万万不能的。

无欲与知足

菜甲初肥①，美于热酪；莼丝既长，润比羊酥②。

【注释】

①菜甲：蔬菜初长叶子曰菜甲。

②莼：多年生水草，嫩叶可以做汤菜。《世说新语·言语》篇记载：“陆机诣王武子（济），武子前置数斛羊酪，指以示陆曰：‘卿江东何以敌此？’陆云：‘有千里莼羹，但未下盐豉耳！’”

【品读】

一个懂得欣赏自然的人，能从最细微的景物中获得享受；一个懂得体验生活的人，能从最平凡的场景中获得感动；一个淳朴简淡的人，能从最常见的事物中获得满足。屠隆就是这样一位既懂得欣赏自然，又懂得体验生活的、淳朴简淡的人，所以在他的眼里，普通的蔬菜，胜过了奶酪；野生的莼叶，甚至比羊酥还要可口。

山居幽趣

杨柳岸，芦苇汀，池边须有野鸟，方称山居。香积饭①，水田衣②，斋头才著比丘，便成幽趣。

【注释】

①香积饭：僧人所食斋饭。香积，佛名。《维摩诘经·香积佛品》中说："有国名众香，佛号香积。"

②水田衣：袈裟。袈裟以长方形布片连缀而成，如水稻田之界画，故称水田衣。亦名稻田衣、田相衣。

【品读】

在晚明文人身上，大多都有一种浓厚的隐逸之风，所以他们对那种萧疏朴野的山林环境，都有一种由衷的喜爱之情。

那么，对于屠隆理想中的幽居来说，在杨柳、河边、沙汀、芦苇之外，为什么还必须有池边的野鸟呢？因为野鸟的加入，更能表达他内心那种无拘无束的心态。而在斋饭、袈裟之处，为什么还必须有来访的僧人呢？因为僧人是不问世事的方外之人，与僧人交往，表明作者也是不问世事、甘于淡泊的人。所以僧人的出现，使宁静的环境平添一种玄妙淡远的趣味，同时也体现出作者甘于淡泊的宁静心态。

体气欲仙

竹风一阵，飘飏茶灶疏烟；梅月半弯，掩抑书窗残雪。真使人心骨俱冷，体气欲仙。

【品读】

竹、梅、月、雪，都是中国古代文人特别钟情的景物，因为他们象征着高雅脱俗的胸怀，象征着冰清玉洁的品格，象征着萧散淡远的心境……屠隆在这里，仅用寥寥几笔，就为我们勾勒出了一幅无比清丽幽美的水墨画。面对着如此清丽脱俗的画面，我们仿佛进入了一个无比幽远宁静的境界，难怪屠隆会感到心骨俱冷，飘飘欲仙了。

神明开涤

登华子冈，月夜犬声若豹①；游赤壁矶，秋江鹤影如人②。但想前贤，神明开涤③。

【注释】

①华子冈：唐王维辋川别墅景观之一，王写有《华子冈》诗。

②赤壁矶：亦称赤鼻矶。在今湖北黄冈市。断岩临江，突出下垂，色呈赭赤，形如悬鼻，因而得名。苏轼贬居黄州时，常游此地，并写有《赤壁赋》《后赤壁赋》。《后赤壁赋》中有“时夜将半，四顾寂寥。适有孤鹤，横江东来，翅如车轮，玄裳缟衣，戛然长鸣，掠予舟而西也”的句子。

③开涤：开朗清明。

【品读】

这段话中提到了两处地名：其一是华子冈。它是王维晚年隐居之地——辋川别墅——的一处景点，王维常与他的好友裴迪在此游览赋诗。王维在《山中与裴迪秀才书》中曾写道：“夜登华子冈，辋水沦涟，与月上下。寒山远火，明灭林外。深巷寒犬，吠声如豹。村墟夜舂，复与疏钟相间。”其二是赤壁。苏轼曾在此写下《后赤壁赋》，其中写道：“时夜将半，四顾寂寥。适有孤鹤，横江东来，翅如车轮，玄裳缟衣，戛然长鸣，掠予舟而西也。”

屠隆不仅对华子冈和赤壁矶清丽绝俗的夜景无限神往，而且对王维和苏轼的隐逸情怀十分认同和仰慕。所以他说，当他想到这两位前贤时，就不禁觉得“神明开涤”。

消除贪欲

黄齑淡饭①，允宜山泽之臞②；曲几匡床③，久绝华胥之梦④。

【注释】

①黄齑(jī)：细碎腌菜。

②臞(qú)：消瘦。旧时隐居之人常称“山臞”。

③匡床：方正之床。

④华胥之梦：泛指入梦。华胥，寓言中的理想国。

【品读】

心境得到真正超脱的人，往往甘于过一种简单的、甚至清贫的生活。所以，屠隆觉得粗茶淡饭没有什么不好，睡着简简单单的木板床，觉得心轻体闲，十分舒坦。这实际上也在告诉我们，烦恼与痛苦，多来自于我们自己的贪欲；如果我们懂得知足，随遇而安，那么我们自然会得到真正的快乐和幸福。

死生一如

棺则朽于木，裸则朽于土，土木何劳分别；沉则化于水，焚则化于火，水火安用商量？

【品读】

自古以来，死亡就是一个人们不得不面对的人生问题。佛教对于人的生死乃至所有生命的生死问题做了深入的探讨，它把整个人生分成十二个彼此互为条件或因果联系的环节，即十二缘起，认为生命是由“因”“缘”和合而成，人生的痛苦、生命和命运都是因缘和合的表现，十二缘起依“此有则彼有，此生则彼生，此无则彼无，此灭则彼灭”的法则而流转不息，所以佛教认为我们不必执着于生死。如果一旦执着于生死的差别，我们就会有无尽的痛苦与恐惧；相反，如果不执着于生死，我们就能从根本上超越死亡，获得解脱。

如果在人死亡之后，还要计较于安葬的方式，则说明他对于生死问题太过执着。屠隆这段话，实际上体现了他对佛教生死观的认同，表明他真正参透了生命的真谛。

清兴何如

红润凝脂，花上才过微雨；翠匀浅黛，柳边乍拂轻风。问妇索酿，瓮有新篘[①]；呼童煮茶，门临好客。先生此时，情兴何如？

【注释】

①篘(chú)：原作“刍”，指用竹篾编成的漉酒具。

【品读】

初春时节，万物复苏，到处呈现出一种盎然的生机和蓬勃的景象。刚下过雨，初开的花儿越发显得娇嫩无比；那初发的柳条，颜色还没有长匀，就已像轻烟一样随风而舞。……面对着如此良辰美景，作者与友人一起饮酒品茶，该是多么自在和惬意啊！屠隆真是一位写生的妙手，四百多年过去了，他笔下的生活情景，依然栩栩如生，令人神往。

清雅与清狂

痴矣狂客，酷好宾朋；贤哉细君[①]，无违夫子。醉人盈座，簪裾半尽酒家；食客满堂，瓶瓮不离米肆。灯独荧荧，且耽夜酌；爨烟寂寂[②]，安问晨炊。生来不解攒眉[③]，老去弥堪鼓腹[④]。

【注释】

①细君：古时诸侯之妻称小君，亦称细君。后为妻的通称。

②爨(cuàn)：灶。

③攒眉：皱眉。

④鼓腹：凸起肚子。《庄子·马蹄》："夫赫胥氏之时，民居不知所为，行不知所之，含哺而熙，鼓腹而游。"意指饱食而闲暇无事。

【品读】

晚明文人除了有淡泊的一面，同时还有放达的一面。屠隆的这段话，让我们看到了他放浪形骸、不拘细节的侧面。屠隆不仅好酒，而且好客，所以时常邀请朋友来家做客，各位知己相聚一堂，开怀畅饮，毫不在乎酒钱，同时也不计较时间。这是一种何其欢快、何其狂放的场面啊。

最后两句，"生来不解攒眉，老去弥堪鼓腹"，画龙点睛，充分显示出屠隆心地坦荡、狂放旷达的个性。

随遇而安

若想钱而钱来，何故不想；若愁米而米至，人固当愁。晓起依旧贫穷，夜来徒多烦恼。

【品读】

屠隆这里提到的钱和米，其实只不过是一种借代而已，它们指的是一切外在的特质生活条件。屠隆的意思是说，如果我们整天想着发财，既想得到这，又想得到那，那么我们就会有无穷无尽的烦恼。其实，要想获得幸福的生活，并不需要有太多的物质条件。与其去空想那些身外之物，不如好好珍惜自己眼前所拥有的一切，比如亲情、友情、健康等等。

黄白仲与虞德园

白仲奇穷①，悍妇同于冯衍②；德园高隐③，孤居颇似王维④。我固当胜之。

【注释】

①白仲：明黄之璧，字白仲。浙江上虞人。工辞章，书画亦名重一时。

②冯衍：字敬通。汉光武帝时曾任曲阳令、司隶从事。妻任氏，性悍妒。

③德园：明虞淳熙，字长孺，号德园，官至吏部稽勋司郎中。与其弟淳贞均好佛好仙，相携隐于南屏山回峰下。能诗文，著有《德园集》。与汤显祖、袁宏道、屠隆均有交往。

④王维：唐诗人王维晚年亦官亦隐，居于蓝田辋川别墅。

【品读】

白仲和德园，都是屠隆的挚友。白仲家境贫穷，尤其可怜的是他有一个十分凶悍的老婆；德园虽然归隐，却又难以与官场割裂，这颇与唐代诗人王维相似。屠隆觉得，他既没有凶悍的老婆，又没有官场的牵绊，所以他觉得自己要比白仲和德园自在多了。显然，在屠隆的言语之中，流露出对朋友的调侃，和对自己自由生活的满足。

于相而离相

明霞可爱，瞬眼而辄空；流水堪听，过耳而不恋。人能以明霞视美色，则业障自轻；人能以流水听弦歌，则性灵何害。

【品读】

禅宗倡导自识本心，见性成佛，所以提出“无念”“无相”“无住”的观念，这就是说，要排除世俗的分别、认识，要消除对外界事物的思维、执着。因为,“于外著境,妄念浮云盖覆,自性不能明”。

屠隆说“明霞可爱,瞬眼而辄空:流水堪听,过耳而不恋”,其实就是说,我们的心灵要像镜子一样空明,要不执著于“相”;只有“于相而离相”,那么我们自身的清静本性才不至于受到伤害。

恰到好处

诗堪适性,笑子美之苦吟①;酒可怡情,嫌渊明之酷嗜②。若诗而嫉妒争名,岂云适性;若酒而猖狂骂座,安取怡情。

【注释】

①子美:唐代大诗人杜甫,字子美。杜甫对诗歌创作的态度极严肃,他曾在诗歌中写道:“语不惊人死不休”(《江上值水如海势聊短述》),“新诗改罢自长吟”“颇学阴何苦用心”(《解闷》)。

②渊明:晋代著名诗人陶潜,一名渊明。嗜酒,曾写有《饮酒》近二十首。梁萧统《陶渊明集序》说:“有疑陶渊明之诗,篇篇有酒,吾观其意不在酒,亦寄酒为迹也。”

【品读】

屠隆以为,作诗如果像杜甫一样苦吟,那就失去了诗歌陶冶性情的功能了;酒也是抒情遣兴的一种方式,但如果饮酒至于猖狂骂座,那就让人面目可憎,还有什么情趣可言呢?由此可见,屠隆崇尚的是那种萧散自由的个性,追求的是那种优游自适的生活。从总体上看,他是一个清雅脱俗的人,而不是一个充满激情的人,这就是他对杜甫吟诗和陶潜饮酒的方式都不赞同的根本原因。

疾风过耳

铄金玷玉①,从来不乏彼谗人;沉垢索瘢②,尤好求多于佳士。止作疾风过耳,何妨微云点空。

【注释】

①铄金：即“众口铄金”，是说众口所毁，金石可销。玷玉：玷污美玉，使有瑕疵。

②沉垢索瘢：清洗污垢，查找瘢痕，意同俗语“吹毛求疵”。

【品读】

那种喜欢造谣中伤或吹毛求疵的人，历史上从来不乏其例，在我们平常的生活当中，也可能比比皆是。那么面对这种人，我们该如何面对呢？屠隆告诉我们，他只不过把这样的人当作一阵疾风或一抹微云罢了，并不把他们放在心上。这不能不说是一种十分明智的办法。因为如果你太过计较于小人的造谣中伤或吹毛求疵，那只会让你陷入烦恼；而如果你不把它当回事，那么它自然会像一阵疾风和一抹微云，转瞬即逝。

决不退缩

学道历千魔而莫退，遇辱坚百忍以自持。到底无损毫毛，转使人称盛德。当时之神气不乱，入夜之魂梦亦清。

【品读】

这段话说的是修行时所应具备的一种态度。屠隆认为，修行时要努力克服种种魔障，决不退缩；同时要忍受种种屈辱，决不放弃。如果做到这样，不仅不会有任何损伤，相反却能独得很大的功德。

自得其乐

盈庭满座，断结驷于贵人[①]；累牍连篇，绝八行于政府[②]。

【注释】

①结驷：用四匹马并辔驾一车。

②八行：亦称八行书，原指每页八行的信纸，后为书信之通称。

【品读】

虽然家中宾客盈门，但却没有达官贵人出入其中；虽然文章写了很多，但是绝没有与官府往来的书信。这里表达的是一种对官场生活的厌倦和排斥，以及对自己远离官场的自在生活的惬意、满足之感。

不假外求

情尘既尽，心镜遂明[①]，外影何如内照；幻泡一消[②]，性珠自朗[③]，世瑶原是家珍。

【注释】

①心镜：佛教语。谓人心明净如镜，能照万物。

②幻泡：即梦幻泡影。佛教认为世上事物无常，一切皆空。《金刚般若波罗蜜经》中说："一切有为法，如梦幻泡影，如露亦如电，应作如是观。"

③性珠：人之心性，其明如珠，故言性珠。性即是心，性珠，意同心镜。

【品读】

只有完全消除对尘世的执着之情，那么我们的心灵之镜就会变得明亮澄澈，所以对于修行而言，执着于外在的种种幻相，不如返归我们的本心，消除我们内心的种种邪念和妄想；世间一切事物都如梦幻泡影，只要我们消除对外物的执着之念，那么我们自身的天性就会像明珠一样晶莹剔透。屠隆的这段话，以简约对偶的语言，表达了禅宗对修行的基本要求。禅宗认为心性本静，佛性本有，因此提倡自识本心，不假外求，主张直指人心，见性成佛。

积愆消福

善谑浪，好诙谐，吐语伤于过绮，取快佐欢，亦无大害；扬隐微，谈中冓[①]，为德无乃太凉[②]？积愆消福[③]，吾鄗戒之[④]。

【注释】

①中冓：内室诟耻之言。

②凉：薄。

③积愆消福：积累罪过，消折福分。

④鄗：同“党”。

【品读】

在很多晚明文人的身上，颇有一种傲诞之习。他们善谑浪，好诙谐，虽然有时说出一些轻艳的话，原也不过是一时兴起，并无大害。但是如果揭发别人的隐私，或者说些难听的污言秽语，那就是一种罪过了，我们要引以为戒。屠隆的这番话，对我们今天的很多人，也有很强的针砭作用。

五行与六贼

人生于五行[①]，亦死于五行，恩里由来生害；道坏于六贼[②]，亦成于六贼，妙处只在转关。

【注释】

①五行：金、木、水、火、土。古代认为此五种元素构成各种物质。

②六贼：佛教称色、声、香、味、触、法为六尘，六尘与六根（眼、耳、鼻、舌、身、意）相接，产生种种嗜欲，导致种种烦恼，称为“六贼”。

【品读】

这段话借助中国古代的阴阳五行学说，说明了修行中的一个重要道理。阴阳五行学说是中国古代汉民族朴素的自发的辩证法思想，它认为世界是在阴阳二气作用的推动下，产生、发展和变化的；并认为木、火、土、金、水五种最基本的条件是构成世界不可缺少的属性。这五种特性既相生，又相克，即：木生火，火生土，土生金，金生水，水生木；木克土，土克水，水克火，火克金，金克木。既然世界万物都处在五行相生相克的过程中，所以屠隆说“人生于五行，亦死于五行”。就像五行相生相克一样，恩宠有时也会变成一种伤害。同样的道理，“六贼”原本是修道的魔障，但是它们有时也会成为悟道的机缘，关键看修行者如何面对它们。如果你总是执着于它们，那么你就必然会为其伤害；相反，如果你能破除“六贼”的侵扰，那么它们就有可能成为你悟道的阶梯。

文才与品格

聪明而修洁，上帝固录清虚①；文采而贪残，冥官不爱词赋。

【注释】

①上帝固录清虚：谓死后名列仙班。传说唐诗人李贺将死时，见一绯衣人来召，谓：“帝成白玉楼，立召君为记，天上差乐，不苦也。”（见李商隐《李贺小传》），又唐张读《宣室志》云李贺死后托梦于其母，谓上帝迁都于月圃，建白瑶宫、凝虚殿，命李贺赋诗作文以记之。

【品读】

这段话的字面意思是，如果一个人既有过人的才华，又有高洁的情操，那么他死后就可以名列仙班。如果一个人虽有文采，但品行恶劣，就是死了，在阴间也不会受到欢迎。显然，这段话表达了屠隆对“文才”与“品格”的态度，他认为一个作家，首先应该有不同流俗的品格；如果一个人品行恶劣，贪婪残暴，那么即使他再有文采，也只会让人唾弃。

闲　适

楼前桐叶，散为一院清阴；枕上鸟声，唤起半窗红日。

【品读】

多么清幽的景致，多么静谧的环境，多么闲适的心情！而当代的很多人，整天都在忙碌奔波，虽然得到了许多物质上的享受，但唯独没有享受生命本身。因此可以说，时常拥有一份闲适心情的人，一定是很有智慧的人。

情趣与癖好

一泓濠上，便同庄叟之观①；片石林间，堪下米颠之拜②。

【注释】

①"一泓"句：典出《庄子·秋水》："庄子与惠子游于濠梁之上。庄子曰：'鲦鱼出游从容，是鱼之乐也。'惠子曰：'子非鱼，安知鱼之乐？'庄子曰：'子非我，安知我不知鱼之乐？'"后因以濠上为逍遥闲游之所、别有会心之地。

②米颠：宋代书画家米芾，曾见奇石下拜，呼石为"兄"。

【品读】

晚明文人将自己每一天的日常生活都艺术化了，所以他们能从最简单的生活、最寻常的景物当中，获得美感，获得艺术化的享受。对于屠隆来讲，一泓清泉，即能引起他一种类似庄子在濠上的那种逍遥自得之趣；而面对林中的一块幽石，也足以引起他像米芾一样的兴趣。前者体现了作者的隐逸的心态和超脱的精神；后者体现了作者对于自然、艺术的痴情与癖好。

晚明时期，因为程朱理学逐渐失去了崇高的地位，文人们普遍崇尚自我个性，他们对自由与自得的兴趣，远远大于对于仕途经济的兴趣。与宋人普遍推崇圣贤人格相比，晚晚文人欣赏的是那些有真性情的，甚至是有独特癖好的人。袁宏道说："余观世上语言无味面目可憎之人，皆无癖之人耳。"张岱也说过："人无癖不可与交，以其无深情也。人无痴不可与交，以其无真气也。"宋代大书法家米芾特别喜爱奇石，以至于成为一种癖好。据说他见到奇石，往往欣喜若狂，甚至毕恭毕敬地给它下拜。屠隆这里引用米芾的典故，实际上说明，对于自然与艺术，他具有一种深深的癖好和痴迷，就像米芾迷恋奇石一样。

真情流露

立雪断臂[①]，只缘艺压当行；擘面拦胸，直是酒逢知己。

【注释】

①立雪断臂：禅宗二祖慧可初参达摩祖师，在雪夜中竖立于户外，天明积雪过膝，又自断左臂，以明心志。达摩知是法器，因传衣钵。

【品读】

晚明文人迷恋艺术，而且很执着，甚至可以说狂热，所以对于真正懂得艺术的内行，他们往往十分推崇，十分仰慕，“立雪断臂”就是这种推崇、仰慕之情的夸张性表达。同时，晚明文人特别崇尚个性张扬和真情的流露，所以与自己的知己相聚豪饮，对于他们来讲，自然是一件十分畅快的事情。

食奇字与遗好音

啖饭着衣[①]，生世无补；饰巾待圹[②]，顾影多惭。庶几哉，白鱼蠹简[③]，食奇字于腹中，黄鸟度枝[④]，遗好音于世上。

【注释】

①啖(dàn)饭：吃饭。常用以讥讽人无用。

②待圹：等待安葬。圹，墓穴。

③白鱼：即蠹鱼。又名衣鱼、纸鱼，常蛀蚀衣服书籍。

④黄鸟度枝：黄鸟，黄莺。钟嵘《诗品·序》：“学谢朓，劣得‘黄鸟度青枝’，徒自弃于高听，无涉于文流矣。”

【品读】

这段话是屠隆对自己人生价值的反省。他说自己活在世上，对社会没有太大的价值，所以他感到深深地惭愧。但是话说回来，他又觉得，读了不少典籍，积累了丰富的学识，给世人留下了大量格言隽语，就像枝头的黄鸟，为人们留下美妙的歌声。显然，屠隆对自己的一生，虽然感到遗憾，但也不乏自负与自得。

相聚与独处

茶熟香清，有客到门可喜；鸟啼花落，无人亦是悠然。

【品读】

对于一个内心本来就圆满自足的人来讲，面对不同的外在环境，他都能感受到惬意和满足。与来访的客人一起细细品茶，这固然可喜；但独处之时，一个人静静地欣赏鸟啼花落，也未尝不是一种享受！

翠微蕉雨

翠微僧至[①]，衲衣全染松云；斗室经残，石磬半沉蕉雨。

【注释】

①翠微：泛指青山。

【品读】

这可以说是一幅淡远、超逸的山水画。在苍翠的群山之间，云雾缭绕，一个僧人缓缓而来，他的僧衣染上了松树和云彩的颜色；此时，主人身居斗室，手执经卷，窗外的石磬，一半已被雨中的芭蕉所掩盖了。古人说，一切景语皆情语。这里虽然主要是在写景，实际上是在抒发一种闲适、淡漠的心情。

诗情画意

水色澄鲜，鱼排荇而径度[①]；林光澹荡[②]，鸟拂阁以低飞。曲径烟深，路接杏花酒舍；澄江日落，门通杨柳渔家。

【注释】

①荇(xìng)：即荇菜，又名接余。生长于湖塘中。

②澹荡：日光动荡貌。

【品读】

这也是一幅真气淋漓的山水画。不过，它与上则所写之景不同。上幅画面，境界淡远、超逸；而这幅画，活泼生动，色彩明丽，富有浓厚的生活气息。不同的画面，体现了作者不同的心境，同时也体现了屠隆善于捕捉各种景物的敏锐的观察力和丰富多样的表现方式。

不问世事

催租吏只问家僮，知主人之不理生产；收稼奴径达主母，笑先生之向如外宾。

【品读】

晚明文人崇尚个性的解放，生活的自由与洒脱，他们的生活丰富多彩，自由自在：读书、诵经、吟诗、作画、访友、待客、饮酒、品茶，当然更多的是游山玩水，但他们大多不问世事，不治生产。

催租的官吏只与家僮交涉，说明主人全然不理家庭的生计；收获庄稼的奴仆只向主母汇报，说明主人从来不过问家庭的事务。这两件事，都显示了主人不管俗务、逍遥自适的生活方式。主人不事生产，不管俗务，千万不要以为这是懒惰的表现，相反，这是一种淳朴简淡、超然自得的心态的自然流露。

习佛与饮酒

八关斋久何敢然[1]，寄兴于持螯[2]；五斗量悭聊复尔，托名于泛蚁[3]。

【注释】

①八关斋：佛教用语，即八关斋戒，也简称八戒。始于南朝宋齐之时，谓持斋可戒除八恶：杀生、偷盗、邪淫、妄语、饮酒、坐高广大床、着华鬘璎珞、习歌舞伎乐。

②持螯：手持蟹螯，谓吃螃蟹。晋毕卓嗜酒，曾说："一手持蟹螯，一手持酒杯，拍浮酒池中，便足了一生。"

③泛蚁：亦作"浮蚁"，原指浮于酒面上的泡沫，也用作酒的代称。

【品读】

很多晚明文人虽然热衷于佛教，并信奉它的很多思想，但他们并不是那种遁入空门的佛教徒，并不恪守佛教的清规戒律。屠隆就是如此。他虽然修行，但颇好饮酒，而饮酒却是佛教"八戒"之一，他却全然不顾。相反，他特别羡慕晋人毕卓那种纵情饮酒的方式；虽然他的酒量并不太大，但这并不影响他的兴趣。

在中国古代，饮酒是文人们抒情寄兴的一种十分高雅的方式，所以，屠隆这里说自己如此好酒，其实是说他对于超逸生活的偏好与追求。

野逸之趣

侣猿猴，友虎豹，不能孙登之穴居[1]；驯鸟雀，畜凫鱼，颇似何点之野逸[2]。

【注释】

①孙登：魏晋时著名隐士。据《晋书·孙登传》记载，他曾“于郡北山为土窟居之，夏则编草为裳，冬则披发自覆。好读《易》，抚一弦琴，见者皆亲乐之”。魏晋名士阮籍、嵇康等都曾到苏门山拜访穴居的孙登，向他请教。

②何点：字子晳，历宋、齐、梁，隐居不仕，清言赋咏，优游自得，时人称之为“通隐”“游侠处士”。

【品读】

这段话是说，作者虽不像孙登那样穴居于山中，以猿猴虎豹为伴侣，但他驯养鸟雀禽鱼，生活倒也充满野逸之趣。这里表达的，也是一种对隐逸生活的喜爱之情。也许有人认为，要修行，要隐居，就要远离红尘，摒弃尘缘，抛弃工作，其实离开了生活，哪里还谈得上禅呢？习佛参禅的人，当然也要吃饭、睡觉，也要劳动、休息，只不过他们在做这些事时，没有执着，没有计较。而现代人，吃饭要求美味，睡觉要求舒适，劳动要求体面，休息时还在不停地思考盘算……这就离自己的真心、本来面目愈来愈远了。只要我们众生在平常的生活中，做到不执着，不计较，就能获得心灵的解脱。

洁身与慢世

高人品格，既有愧井丹洁身①；名士风流，亦不至相如慢世②。

【注释】

①井丹：字大春。东汉郿地（今陕西眉县）人，通五经，善谈论。性清高，不登权要之门，虽王公贵族不能招致。

②相如：指司马相如。慢世：指司马相如夫妇开酒店卖酒事。

【品读】

《世说新语·品藻》篇记载：“王子猷、子敬兄弟共赏《高士传》人及赞，子敬赏‘井丹高洁’，子猷云：‘未若长卿慢世。’”显然，屠隆的这段话实本于此。在王子猷、子敬兄弟二人中，子敬很欣赏井丹的不慕荣华，而在子猷看来，司马相如亲自与卓文君开店卖酒，比井丹的不慕权荣华，有过之而无不及。不过，与子敬、子猷兄弟不同的是，屠隆对井丹和司马相如二人并未分其轩轾。在他的心目中，不管是井丹的高洁，还是司马相如的慢世，都是不慕荣华的典型，他都十分仰慕。

自嘲与自谦

天讨有罪，生来幸免马驴[①]；世弃不才，隐去敢云鸿豹[②]。

【注释】

①"生来"句：佛教有轮回之说，谓人生前罪孽深重，死后堕入畜生道，来世不能投胎为人。

②鸿豹：鸿，通"洪"，大。此用"豹隐"典故。《列女传》："……南山有玄豹，雾雨七日而不下食者，何也？欲以泽其毛而成其文章也。故藏而远害。"后常用此喻爱惜其身而隐居不仕。

【品读】

佛教有"六道轮回"之说，它认为人都有前生、后世，死后必受生前行为的决定，轮回于天、人、畜生、阿修罗、饿鬼、地狱等"六道"之中。屠隆说他自己在六道轮回之中，此生没有成为畜生，是一件值得庆幸的事；接着说，他没有什么才能，连隐居也不敢说自己是"豹隐"。屠隆的这番话，显然包含着一种自嘲和自谦。

儒者与高人

持论绝无鬼神，见怪形而惊怖；平居力诋仙佛，遇疾病而修斋，儒者可笑如此。称柴数米[①]，时翻名理于广筵[②]；媚灶乞墦[③]，日挂山林于齿颊[④]。高人其可信乎？

【注释】

①称柴数米：喻着意于琐碎小事。《淮南子·泰族训》："……称薪而爨，数米而炊，可以治小而未可以治大也。"

②名理：辨别分析事物是非、道理。魏晋士人喜谈名理，并以此为风雅的标志。

③媚灶乞播：喻不择手段追求富贵利达。媚灶，语出《论语·八佾》："与其媚于奥，宁媚于灶。"意为：与其巴结房屋西南角的神，宁可巴结灶君。朱熹《集注》谓此乃"喻自结于君，不如阿附权臣"。乞播，语出《孟子·离娄下》，是说齐国有个人向妻妾吹嘘，自己经常与富贵之人一起饮酒吃肉，后其妻追踪之，方知齐人是在东郭墦（坟墓）间，向祭墓者乞讨剩下的酒肉。

④山林：高蹈遁世之人多山林，故此处用以代指隐居。

【品读】

晚明文人崇尚个性解放，自然就对某些传统儒学之士的迂腐和虚伪极端反感。在这里，屠隆三言两语，就揭示了那些腐儒的荒谬可笑：他们平时口口声声说自己不信鬼神，力诋仙佛，可是一旦生病，就临时抱佛脚，企求保佑，真是可笑之极；他们平时斤斤计较于琐碎之事，却总在大庭广众装出一种高雅脱俗的派头；他们平时阿谀奉承，巴结权贵，却又总是把隐居山林挂在嘴边。

无　心

为龙为蛇，生既谢阳秋于太史[①]；呼牛呼马，死亦一任彼月旦于时人[②]。

【注释】

①阳秋：即《春秋》。晋避简文帝郑后阿春讳，改春为"阳"。相传孔子据鲁史编修《春秋》，叙事简洁，而以用字寓褒贬，后因借用"春秋"二字谓褒贬。

②月旦：后汉许劭与从兄许靖俱有高名，好品评人物，每月更换品题，后因称评论人物为"月旦""月旦评"。

【品读】

屠隆这段话的意思是说，他一生只要逍遥自适，不仅生前不管他人的评价，即使死了，也不在乎后人的评价。一般深受儒学影响的士人，都很重视名节以及后人的评价。儒家“立德”“立功”“立言”三不朽的说法，就很典型地体现了儒生重视名节的人生价值观。但是，晚明文人在个性解放思潮的影响之下，一反前代士人注重名节的心态，普遍崇尚个性的自然彰显和情感的真实流露，追求自由自适的生活，不再注重他人的评价。禅门里有句话：“雁过不留迹，竹影不留痕。”其意在开导众生要不着一物，一法不留，一法不执。既不注重生前之荣誉，也不计较死后之声名，这体现了禅宗提倡的不着一物的观念。

逃　禅

以文章为游戏，将希刘勰逃禅①；看齿发之衰颓，自信鲍昭才尽②。

【注释】

①刘勰：南朝著名文学理论家，著有《文心雕龙》。早年家贫，依沙门僧佑，研习佛经。晚年出家为僧，法名慧地。

②鲍昭：南朝宋文学家鲍照。因唐人避武则天嫌名，以照为昭，故亦作鲍昭。《南史·鲍照传》载：“（宋文帝）好为文章，自谓人莫能及，照悟其旨，为文章多鄙言累句，咸谓照才尽，实不然也。”

【品读】

这段话依然是在表达自己迥异于传统儒学之士的人生价值观。传统儒学之士特别重视文章的价值，甚至将它视为“经国”的大业，“明道”的工具，但是在屠隆等晚明文人心目中，文章只是一种游戏的工具，更具体地说，是一种抒情遣兴的工具。应该说，正是这样一种崇尚个性的思潮，使晚明文学、尤其是晚明小品呈现出与前代文学截然不同的风貌。

庆　　幸

家坐无聊，不念食力担夫，红尘赤日[1]；汝官不达，尚有高才秀士，白首青衿[2]。

【注释】

①食力担夫，红尘赤日：谓担夫为生计所迫，奔走于红尘中、赤日下。

②白首青衿：谓年纪老迈，犹不得一官。青衿，青领，学子所服，故称士子为青衿。

【品读】

这段话表达的是对自己人生际遇的一种自得与满足，以及对尘世、对功名的厌倦。其字面意思是说，自己的生活虽然简单清贫，但相比那些为生计所迫，奔走于红尘之中、赤日之下的人来说，该是多么的幸运；自己虽然没做过什么大官，但是还有那么多高才秀士，或老或少，依然还在科举之路上日夜奋斗，艰辛求索。与他们相比，自己又该是多么的轻松自在！

平常心是道

峰峦窈窕，一拳便是名山[1]；花竹扶疏[2]，半亩何如金谷[3]。

【注释】

①一拳：极言其小。

②扶疏：繁茂分披貌。

③金谷：晋石崇花园名。石崇以豪侈闻名。

【品读】

晚明文人重视精神的修养，而对外在物质条件并不太在意。其实，只要一个人具有优雅的审美趣味，脱俗的精神气质，他就能从寻常的景物之中，发现其不同寻常的美。

澄怀观道

少文五岳兴，聊托于卧游[①]；元亮一园趣，果成于日涉[②]。

【注释】

①少文：指南朝宋宗炳，字少文。隐居不仕，好游山水，曾筑室庐山，西陟荆巫，南登衡岳，晚年将所历山水，绘于室中，谓可“卧以游之”。

②元亮：东晋大诗人陶渊明，一名潜，字元亮。曾任江州祭酒、彭泽令，因不满时政，去职归隐，并写有《归去来兮辞》，叙述辞官归田园途中心情及到家后的生活意趣，其中有“园日涉而成趣”句。

【品读】

据《宋书·宗炳传》记载，宗炳“好山水，爱远游，西陟荆、巫，南登衡岳，因而结宇衡山，欲怀尚平之志。有疾还江陵，叹曰：‘老疾俱至，名山恐难遍睹，唯当澄怀观道，卧以游之。’凡所游履，皆图之于室。”宗炳提出的“澄怀观道”，是中国美学史上最重要的命题之一。“澄怀”，就是虚静、空明的心境。“观道”，即对于宇宙的本体和生命的观照。可以说，在中国美学史上，宗炳继慧远之后，大大强调了精神超越物质实在的能动性、崇高性，永恒性。他认为，一切物质实在都是由精神所生。所以他在《明佛论》中说：“群生皆以精神为主，故于玄极之灵，咸有理以感。”

魏晋及刘宋时期，国家分裂，社会动荡，广大士人在意识到个体生命的可贵与短暂之后，对于人生充满了痛苦、迷惘、困惑……而陶渊明则远离污浊的官场，躬耕田园，摆脱了穷与达、贫与富、仕与隐、生与死等人生难题的烦扰，真正实现了精神的自由与自我的超越。他从最普通的田园生活中找到了生命的安顿之所。

无论是宗炳的“卧游”，还是陶渊明的隐居田园，都是精神超越物质实在的鲜明体现。屠隆将二人相提并论，显示了他对二人的仰慕之情与效仿之意。

孔孟与释老

孔孟以经常治世，不欲炫奇怪以骇时；释老以妙道度人，故每现神通以耸众。

【品读】

以孔孟为代表的儒家思想，具有鲜明的务实事、戒空谈的经世致用的特点。说得具体一点就是，儒家非常关注现实的价值，以解决社会、人生的实际问题为出发点和归宿，热衷于对国计民生密切相关的问题的研究与探索，缺乏对抽象思辨的兴趣和对超验价值的追求。李泽厚先生将这一特点概括为“实用理性”。相比之下，佛教不仅有前世、今生和来世之分，而且还有地狱与极乐世界的想象；道教在人们的现实人生之外，构建了一个神仙的世界。无论是佛教还是道教，都通过宣扬神奇怪异的故事，有力地推动了它们的传播，对古代中国产生了极为深刻的影响。

空诸所有

凡情自缚，则抟沙捻土①，一身缠为葛藤②；空观一成③，则割水吹毛，四大等于枯木④。

【注释】

①抟（tuán）沙捻土：捏沙成团，捻土为绳，喻徒劳无功，自寻烦恼。

②葛藤：葛、藤均蔓生植物，常缠绕树木，因谓纠缠不已为葛藤。

③空观：佛教谓世界一切皆空。律宗“南山三观”有性空观、相空观。

④四大：佛教《俱舍论》谓地、水、火、风为四大，认为此四者广

大，能产生万物。

【品读】

人一旦被世俗的情感所束缚，那就会有无尽的烦恼，全身就像被葛藤缠绕一样；可是如果他一旦体悟诸法无我，缘起性空的道理，并能空诸所有，破除执着，那么他就会立即摆脱烦恼。屠隆这段话，实际上是佛教空观的一种形象化表达。

灵根与恶趣

薰蒸德香，则果未成[1]，而灵根渐长[2]；熬煎欲火，则目未瞑，而恶趣现前[3]。

【注释】

①果：即正果。佛教谓学佛而得证悟者为证果，谓别于外道，故名正果。

②灵根：指道德。

③恶趣：即恶道。佛教谓地狱、畜生、饿鬼为恶道。《无量寿经》："但作众恶，不修善本，皆悉自然入诸恶趣。"

【品读】

如果一个人努力修行，即使正果尚未修成，但是智慧却可以渐渐增长。相反如果不能消除种种欲望，那么即使人还没有死，恐怕就会陷入种种恶道。

心外无法

吃菜而生美好拣择，则吃菜不异吃荤；作善而求自高胜人，则作善还同作恶。

【品读】

一个人虽然吃素，但如果他专挑鲜美的蔬菜，那么这仍然是贪欲的一种表现；同样的道理，一个人虽然行善，但他在行善时还与人争高下，那么他的行善与作恶其实没有两样。这实际上是说，修行者必须消除差别，要离一切虚妄心。因为在佛家看来，心外无法，如果心不清净，那就会生出种种心魔。

一灯即明

人若知道[①]，则随境皆安；人不知道，则触途成滞。人不知道，则居闹市生嚣杂之心，将荡无定止，居深山起岑寂之想，或转忆炎嚣。人若知道，则履喧而灵台寂若[②]，何有迁流，境寂而真性冲融[③]，不生枯槁。

【注释】

①道：规律、事理。

②灵台：谓心。

③冲融：淡泊和悦。

【品读】

人生活在世间，各种名缰利锁，将他紧紧束缚起来，终生不得轻松。可是，如果他修习佛道，那么他就破除虚妄与执著，获得心灵的解脱。“千年暗室，一灯即明”，这是佛教中非常有名的一句话。它的意思是说，如果我们众生一旦悟道，当即就会粉碎整个迷妄颠倒的世界，就会以一颗平常心来面对生活中的种种是非、有无、得失、利害……就会随遇而安，自在无碍。有的人，身处闹市，觉得喧嚣，于是想到山林里去；而到了山林，却又觉得寂寞，却又想到闹市里去。这种人之所以觉得这也不是，那也不是，最根本的原因就是他的心不清净。

心生则法生

英雄降服劲敌，未必能降一心；大将调御诸军，未必能调六气[①]。故姬亡楚帐[②]，霸主未免情哀[③]；疽发彭城，老翁终以愤死[④]。

【注释】

①六气：古代医学谓生命活动的六种基本物质，一说指阴、阳、风、雨、晦、明，一说为风、热、湿、火、燥、寒，一说以精、气、津、液、血、脉为六气。此处当指人的六情，即喜、怒、哀、乐、爱、恶。

②姬：指项羽姬妾虞美人。汉军围项羽于垓下，虞姬自刎。

③霸主：指项羽。项羽于秦亡后，自立为西楚霸王。

④老翁：指范增。项羽之谋士，羽尊为亚父，曾多次劝项羽杀刘邦，羽不听。后羽中刘邦反间之计，反疑范增不忠，增愤而离去，中途疽发于背而死。

【品读】

项羽虽然能够战胜他的劲敌，却不能战胜他自己个性上的弱点，所以最后落得个乌江自刎的结局；范增虽然能运筹帷幄，指挥大军，却不能调理自己的心气，最后落得个疽发而死的结局。屠隆这段话，实际上是通过借助于历史典故表达佛教的原理。佛教认为，“三界唯心，万法唯识”，三界中的一切境界和事物，都是由心而生，并随心而变。所以，《大乘起信论》说：“心生则种种法生，心灭则种种法灭。”那么，为了获得解脱，必须保持内心清静，消除好、恶、喜、怒、哀、乐等各种情感。

悟道的因缘

来鸣禽于嘉树，音闻两寂，悟圆通耳根[①]；印朗月于澄波，色相俱空②，领清虚眼界。

【注释】

①圆通耳根：圆通，佛教语，谓不偏倚、无阻碍。《楞严经》云二十五大士应佛询问，陈说圆通法门，由文殊评定，以观世音耳根圆通为最上。《楞严经正脉疏》云："耳根闻性，人人本自圆通，如十方击鼓，一时并闻，是圆也；隔墙听音，远近能悉，是通也。声有动静，循环代谢，而闻性湛然常住，了无生灭。若不循声流转，而能反闻自性，渐至动静双除，根尘回脱，寂灭现前，六根且相为用，遂得圆通。"

②色相：佛教认为万物皆空，以无相为归。色相为十相之一，谓人或物一时呈现于外的形式。

【品读】

佛教认为，一沙一石，都是如来的法身，一滴水中，都可以见到三千大千世界。因此，禅宗很重视在生活中修道，在平常的吃饭穿衣、行住坐卧当中领悟禅意。屠隆说从鸟鸣之声而悟得圆通，由水中之月而获得清虚，无非是说，修行没有必要远离平常的生活，悟道的因缘，其实是无所不在的。

自性真如

雨过天青，会妙用之无碍；鸟来云去，得自性之真如①。

【注释】

①真如：佛教语，谓诸法之体性离虚妄而真实，故云真；常住而不变不改，故云如。真如亦称为"自性清净心"。

【品读】

这段话同上段话一样，也是以形象化的语言，说明悟道的因缘无所不在。雨后的天空，显得格外空明开阔，让人的心灵也为之变得空明宁静。这际上暗含着佛教这样的理论：如果我们让心中的迷雾散去，让我们本来的清净本性像青天一样呈现出来的时候，那时我们就证悟到了佛家所说的涅槃。天空的飞鸟和白云，无拘无束，这种完全不受外界干扰、本然如是的状态，就是佛家所说的自性真如。这就告诉我们，不要执着于外在的种种诱惑，摒除我们心中的各种不合理的欲望，那么我们就能获得自由与超脱。

日常生活与禅悟功夫

梅檀之形，能出门而迎佛[①]；虎丘之石，解听法而点头[②]。故知山河大地，咸见真如；瓦砾泥沙，并存佛性。

【注释】

①梅(zhān)檀：香木名。出自印度摩罗耶山，其山形似牛头，故名牛头梅檀。

②"虎丘"句：《莲社高贤传》谓高僧道生"被摈南还，入虎丘山，聚石为徒，讲涅槃经，……群石皆为点头"。

【品读】

世间的一切都是法身的体现：生老病死，表示人生充满痛苦；流水落花，表示变化无常；沧海桑田，表示一切归于空寂……所以屠隆说，无论是山河大地，还是瓦砾泥沙，都显示着自性的真如。

不起分别

酬应将迎[①]，世人奔其羶行[②]；消磨折损，造物畏其虚名。

【注释】

①将迎：送迎。将，送。

②羶行：使人仰慕的行为。言其行为人所慕，如蚁之慕羶。《庄子·徐无鬼》："羊肉不慕蚁，蚁慕羊肉，羊肉羶也。"

【品读】

这段话采运对比的手法，以世俗的种种分别，来反面说明佛教消除差别，消除对等的思想。宋代青原行思禅师曾说："未参禅时，看山是山，看水是水；参禅以后，看山不是山，看水不是水；悟道以后，看山又是山，看水又是水。”所以，消磨折损，在佛法看来，这只不过是一种虚妄之相罢了。假如我们不起分别，消除对待，那么，一切都会呈现出它本来的面目。

非　想

世界极于大千[①]，不知大千之外，更有何物？天宫极于非想[②]，不知非想之上，毕竟何穷？吾尝于此茫然，安得问之大觉[③]。

【注释】

①大千：大千世界的省称。佛教谓以须弥山为中心，以铁围山为外围，为一小世界，一千个小世界合起来就是小千世界，一千个小千世界合起来就是中千世界，一千个中千世界合起来就是大千世界。

②非想：佛教语，即非想非非想处，为无色界第四天，诸天之最胜者。

③大觉：指佛之觉悟，也用以指佛。佛自觉，他觉皆圆满，故称之为大觉。宋敬宗宣和元年，曾诏改佛号为人觉金仙。

【品读】

佛教认为，整个宇宙无量无边，它是由无数的三千大千世界所构成的无限空间。佛教宣扬无量无边的佛土，纯是一种宗教的想象和虚构，但是它突出宇宙的无限性，则又是一种空前的宏观假设，具有一定的合理性。

意气精神

云长香火，千载遍于华夷[①]；坡老姓名[②]，至今口于妇孺。意气精神，不可消灭如此。

【注释】

①云长：即关羽，字云长。关羽死后，经历代统治者加封，从侯、公、王，以至进爵为帝，清朝顺治九年起，每年五月十三日遣太常致祭，除京师，各地皆建有关帝庙。

②坡老：指宋代大文学家苏轼。

【品读】

关羽之所以成为家喻户晓的英雄人物，并被人们广泛祭祀，根本原因在于人们对他忠义精神无比景仰；而苏轼之所以成为人们广泛喜爱的大文豪，根本原因在于他那超脱旷达的人格，深深地感染了一代又一代的人们。由此可见，一个的人意气精神，是可以超越有限的时空，长存于历史和天地之间的。屠隆这番话，表明他虽然信奉佛教，但对中国传统的精神价值，也是高度认同的。由此可见，屠隆是个思想比较开放和通达的人。

野客与幽人

三径竹间[①]，日华澹澹，固野客之良辰；一编窗下，风雨潇潇，亦幽人之好景[②]。

【注释】

①三径：指隐者住所。晋赵岐《三辅决录》中说："蒋诩（汉兖州刺史）归乡里，荆棘塞门，舍中有三径，不出，唯求仲、羊仲从之游。"

②幽人：隐士。

【品读】

如果一个人的内心本就圆满、自足、洒脱、活泼，那么日常生活中的寻常景物，都会让他感到宁静与惬意。

名士与高人

春衣杜陵[①]，急管平乐[②]，真称名士之风流；雨中山果，灯下草虫[3]，想见高人之胸次。

【注释】

①杜陵：在西安市东南，汉宣帝葬地。本名杜原，又名乐游原。唐代诗人韩翃《赠张千牛》一诗中有“急管昼催平乐酒，春衣夜宿杜陵花”之句。

②急管：节奏急速的乐曲。平乐：地名。

③雨中山果，灯下草虫：王维《秋夜独坐》一诗中有“雨中山果落，灯下草虫鸣”之句。

【品读】

晚明文人虽然大多有非常浓厚的超尘绝俗的清高之气与隐逸之风，但他们同时也并不放弃世俗的享乐生活。所以在屠隆的眼里，出入歌楼酒馆，或听急管繁弦，或纵情于豪饮，这堪称是一种名士之风流；而身处山林之中，静听那雨中山果落，灯下草虫鸣，又让人对王维这样的高人追怀不已。显然，屠隆看来，名士与高人之间，并没高下优劣之分，相反，他对二者的不同人生道路，都是表示认同的。

淡　泊

好散阿堵[1]，亦复不能积书；趣在个中[2]，平生只爱种树。

【注释】

①阿堵：刘义庆《世说新语·规箴》：“王夷甫雅尚玄远，常疾其妇贪浊，口未尝言‘钱’字。妇欲试之，令婢以钱绕床，不得行。夷甫晨起，见钱阂行，呼婢曰：‘举却阿堵物！’”阿堵，原为六朝人口语，犹言这个，后多以此为钱的代称。

②个中：犹言此中、其中。

【品读】

心境超旷，自然就不会注重财富的积累；不重积财，自然也就不会积聚书籍。由于喜爱隐居的生活，自然也就喜欢乡野的风光；喜欢乡野风光，自然就会喜爱种植花草树木。无论是积累财富，还是积累书籍，都是世俗欲望的表现；而种树，则是隐逸心态的一种体现。这段话，包含着作者毫无世俗欲望、自然淡泊的隐逸心态。

内心清静

醇醪百斛[1]，不如一味太和之汤[2]；良药千包，不如一服清凉之散[3]。

【注释】

①醇醪（láo）：味厚的美酒。斛（hú）：原是古代的一种容器，这里是指一种容量单位。

②太和之汤：太和，指阴阳会和、冲和的元气，这里是以比喻的方法，将平和清静的心态比作太和之汤。

③清凉之散：这里也是以比喻的方式，将清静空明的心态比作清凉之散。

【品读】

中国古代有借酒消愁的说法，但是在屠隆看来，即使有醇醪百斛，也不如保持内心的清静平和；对于治病，即使有良药千包，也不如保持内心的空明清静。屠隆的这番话，实际上是说，无论是消愁还是治病，修身还是养心，保持自己内心的空明、清静是最关键的；如果内心不清静，即使是“醇醪百斛”“良药千包”，也必然无济于事。

不改初心

积想情坚，思女因而化石[1]；磨砻功久，铁杵日会成针[2]。今人才学修行，便希得证。稍不见效，辄退初心。道其可几乎[3]？

【注释】

①思女因而化石：古代思女化石传说甚多，如刘义庆《幽明录》："武昌北山有望夫石，状若人立。古传云：昔有贞妇，其夫从役，远赴国难，携弱子饯送北山。立望夫而化为立石。"其他如安徽、江西、辽宁、贵州、广东均有望夫石。

②铁杵且会成针：传说李白少时读书，中途废止，遇一老妪，磨铁杵，欲作针，李白感悟，发愤读书，终有所成。

③几（jī）：接近，达到。《礼记·乐记》中说："知乐则几于礼矣。"

【品读】

很多人在学习某种技能时，总是急于求成，甚至有些学佛的人，也希望有捷径可走，希望有什么方法可以立地成佛。殊不知，禅悟虽只在刹那之间，但是没有锲而不舍的精神，是不可能证悟得道的。所以为了获得顿悟，还是得老实修行，坚持不懈。当修行到相当程度时，心就不会再随外境而攀援，那时佛心自然就会显现出来。屠隆这段话虽是针对修习者来说的，但对于我们今天学习任何东西，都是很有启发意义的。

独具慧眼

不是邺侯著眼，懒残只一丐者[①]；若非丰干饶舌，寒拾两个火头[②]。

【注释】

①邺侯：唐李泌，字长源。历仕玄、肃、代、德四朝，位至宰相。封邺县侯，世称李邺侯。懒残：唐代僧人明瓒的别号。居衡山，性懒，常食其他僧人吃剩的饭菜，故时人称之为"懒残"。据传李泌尝于衡岳寺读书，察懒残所为，曰："非凡人也。"听其夜半梵唱，响彻山林，先悽怆而后喜悦，认为必定是谪堕之人，将离凡间。于是李前去谒见，懒残煨芋给李吃，并说："慎勿多言，领取十年宰相。"事见《宋高僧传》。

②丰干：唐代高僧，一作封干。寒拾：唐代诗僧寒山、拾得。据《宋

高僧传》《景德传灯录》记载，寒山为一贫士，幽居天台寒岩，自号寒山子，行为癫狂。国清寺僧拾得，本孤儿，丰干拾而养之，故名拾得。拾得知事食堂，常拾众僧剩饭周济寒山。后丰干出外云游，适闾丘胤山守台山，问丰干彼处有无贤达，丰干说："寒山文殊，拾得普贤。状如贫子，又似疯狂。"闾丘到任，入国清寺拜谒，寒山拾得说："丰干饶舌！"遂出走。寻其遗物，有偈词。后得以刊刻，寒山、拾得二人之诗以是为世人所知。

【品读】

这段话借助唐代高僧懒残、寒山、拾得的典故，说明很多高僧往往只重修心，不重行迹，故而其行为怪异，不为常人所理解；只有那些独具慧眼的人，方能理解他们的修为。

生活即禅道

篱边杖屦送僧，花须罥于巾角①；石上壶觞坐客，松子落我衣裾。

【注释】

①花须：花蕊。罥(juàn)：挂，缠绕。

【品读】

这段话以充满诗情画意的语言，描绘了两幅意趣高远的隐居生活图。第一幅画的是，主人拄着手杖，将来访的僧人送至篱边，随风而落的花蕊悬挂到主人的头巾之上；第二幅画的是，主人与客人坐在石头上饮酒，树上的松子落在了他们的衣裾之中。在这段话里，花须与松子的飘落，是那么的自然而然，它们实际上包含深刻的禅意：众生只要识得自己的清静本性，返回本来的、自然的面貌，便能当下顿悟成佛。

习禅之乐

待月看云，偶见鹤形之使①；焚香扫室，时迎鸟爪之姑②。

【注释】

①鹤形之使：传说周灵王太子晋，学道成仙，尝于七月七日骑鹤到缑山之巅，谢时人而去。吴文英的《诉衷情·七夕》有句云："西风吹鹤到人间，凉月满缑山。"又苏轼的《后赤壁赋》谓"月夜泛舟，见有孤鹤，横江东来，翅如车轮，玄裳缟衣。"继而作者登岸返家，睡梦中见道士，羽衣蹁跹，遂云飞鸣过扛者即此道士，道士笑而不答，苏轼亦惊寤，开户视之，不见其处。

②鸟爪之姑：即麻姑，传说中的女仙。旧题葛洪《神仙传》载：东汉桓帝时，仙人王方平降于蔡经家，召麻姑至，年轻而美，云已见东海三为桑田。蔡经见麻姑手指纤细如鸟爪，暗想："背大痒时，得此爪以扒背，当佳。"

【品读】

这段话描绘的当然是一种想象和虚构的情景，我们不可信以为真。不过，它的字里行间，流露出作者修道时心有所得的一种喜悦之情。我们理解这点就行，不必拘泥于他的字句。

傀儡与皮影

鸣驺呵殿①，歌儿挈傀儡于场中；揭地掀天，童子弄形影于灯下②。

【注释】

①鸣驺：官僚出行，随行骑卒吆喝开道。呵殿：谓古代官员出行，仪卫人员前呵后殿，喝令行人让道。

②弄形影于灯下：指演出影戏，亦称灯影戏、土影戏。用灯光照射兽皮（皮影戏）或纸板（纸影戏）做成的人物剪影以表演故事。北宋时已有影戏演出。

【品读】

这段话描述了古代民间的傀儡戏和皮影戏。这两种戏的舞台表演，都是由表演者在幕后操控而完成的。屠隆这里实际上是以戏为喻，形容世俗中的人们劳碌奔波，随波逐流，完全迷失了自我，就像被他人操控的傀儡和皮影。这就启发我们，必须要自己主宰自己的命运，否则就无异于那没有生命的傀儡和皮影。

为官不如礼佛

一室经行①，贤于九衢奔走②；六时礼佛③，清于五夜朝天④。

【注释】

①经行：佛教徒修养身心，往返踱步于一定之地叫经行。

②九衢：四通八达的道路。

③六时：佛教分一昼夜为六时：晨朝、日中、日没、初夜、中夜、后夜。

④五夜朝天：指清晨入宫，朝见皇帝。五夜，即五更。旧时一夜分为五段，即甲夜、乙夜、丙夜、丁夜、戊夜。

【品读】

明朝中叶以后，士大夫纷纷背离以道自任的儒家传统，投身于佛教的怀抱，掀起了一股参禅礼佛的风气，以至出现了“万历而后，禅风浸盛，士夫无不谈禅”的局面。这种禅悦之风，使晚明文人抛弃了儒家积极用世的人生价值观。屠隆的这番话，无非是以形象化的语言，表达他远离世俗社会、虔诚修习佛道的人生价值观。

物我相融

鸣琴流水，疑鲂鲔之来听①；散帙当轩②，喜藤竹之交翳。

【注释】

①“鸣琴”句：传说楚人瓠巴善鼓琴瑟，可使鱼跃鸟舞。鲂（fáng），鱼名，一名鳊鱼。鲔（wěi），鲟鱼。

②散帙：打开书卷。

【品读】

在晚明文人的心目中，隐居山林要远远胜过处身庙堂，他们在草木花石、楼阁亭榭、一丘一壑中，寄托了他们超然世外的隐逸心态。在他们看来，人与自然不是对立的，而是相互沟通、融合为一体的。所以，晚明文人笔下的隐居风光，流露出一种自然、和谐、恬淡的审美情趣。

超尘出世

娟娟月露，下薝葡而生香[①]；袅袅山风，入松篁[②]而成韵。

【注释】

①薝(zhān)葡：花名，梵语，意译为郁金花，其花甚芳香。

②松篁(huáng)：松与竹。

【品读】

明朗的月光之下，薝葡花香气缥缈，沁人心脾，令人心旷神怡；嫋嫋的山风，吹入松竹林中，发现无比美妙的天籁之音。如此清丽、幽美的境界，令四百年之后的我们，也顿时有一种超尘出世之想；那么，屠隆当时清旷洒脱的胸襟，就可想而知了。

真疏旷与假风流

闲情清旷，未解习锻之机[①]；野性萧疏，耻作投梭之达[②]。

【注释】

①习锻：嵇康，性疏旷，名列"竹林七贤"。《世说新语·简傲》注引《文士传》曰："(嵇)康性绝巧，能锻铁。家有盛柳树，乃激水以圜之，夏天甚清凉，恒居其下傲戏，乃身自锻。家虽贫，有人就锻者，康不受直(值)，唯亲旧以鸡酒往，与共饮啖，清言而已。"

②投梭：《世说新语·赏誉》第九七条注引《江左名士传》曰："鲲通

简有识，不修威仪。好迹逸而心整，形浊而言清。居身若秽，动不累高、邻家有女，尝往挑之，女方织，以梭投折其两齿。既归，傲然长啸曰：'犹不废我啸歌！'其不事形骸如此。"鲲，谢鲲，字幼舆，晋阳夏人，好老庄之学，任达不拘，历任长史、参军、豫章太守。

【品读】

屠隆追求闲适清旷的心境，所以他对嵇康隐居打铁所体现出来的那种疏旷之风十分景仰；同时，他虽然向往洒脱自然的生活，但觉得谢鲲挑逗女性那样的行为，是很可耻的，不值得效仿。

行谊与净业

室无长物[①]，心本宅乎清虚[②]；门多杂宾，性不近乎狷介[③]。行谊虽无大损，净业未免有妨[④]。

【注释】

①长(cháng)物：多余的东西。

②宅：动词，居。

③狷介：拘谨自守。

④净业：善业。佛家谓种善业者得往生西方净土。

【品读】

很多晚明文人都有一种矛盾心态，他们一方面追求超然世外、逍遥洒脱的隐逸生活，一方面又不完全远离世俗的享乐生活。屠隆的这段话，就是他矛盾心态的表现。他一方面参禅问道，过着一种清虚简淡的生活；同时，他又不是那种狷介之人，常与各类宾客往来。他认为这种生活方式，从世俗的眼光来看，并无不可，但是它对参禅修道却是有妨碍的。

豪士谈锋与酒人醉态

据床嗒尔[①]，听豪士之谈锋；把盏醒然，看酒人之醉态。

【注释】

①嗒尔：精神不振的样子。嗒（tà），沮丧。

【品读】

晚明文人对世俗化的生活都投射以审美的目光，从而使他们的日常生活呈现出浓厚的艺术色彩。在屠隆的眼里，豪士之谈锋，酒人之醉态，都是一个人真实性情的自然流露，所以是可贵的。

名利心灰

大臣赫赫，甫丘墓便已就荒[1]；文士沾沾，问姓名多云不识。名利至此，使人心灰。

【注释】

①甫：开始，才。

【品读】

那些位高权重的大臣，入土之后，其坟墓很快就成了无人过问的一片荒地；那些自鸣得意的文士，其实也没有几个人真正认识他。一念及此，就让人名利之心全无。屠隆的这番话，虽然体现了佛教"一切皆空"的思想，但不应简单地视为消极之论。相反，它是建立在丰富的人生体验和历史事实的基础之上的。只要联系我们的现实生活，就不得不承认，屠隆的话是非常深刻的；它对于浮躁不安、急功近利的当代中国人，尤其具有振聋发聩的作用。

至性不朽

夫人有绝技必传，有至性不朽。灵心巧思，鲁班以木匠千秋[1]；报主存孤，李善以佣奴百世[2]。

【注释】

①鲁班：一名鲁般、公输班。春秋时鲁国巧匠，木匠行业尊之为

祖师。

②李善：字次孙。东汉人，本为同县李元之仆。李元全家因疫病而死，唯余一婴儿李续。众仆欲杀李续而分其家产，李善于是背着李续潜逃，并将其抚养成人。后又告众仆于官府，夺回李氏旧业。汉武帝闻其行，诏拜李善及李续为太子舍人。李善后官至九江太守。

【品读】

屠隆的思想丰富多样，并不仅仅局限于佛教或道家之中。尽管他本人倾向于不问世事、逍遥闲适的生活，但他对那些具有高超技能和高洁品格的人，还是十分推崇和景仰的。晚明文人思想的丰富性，由此可见一斑。

核人贵实

核人贵实，浮论难凭，从古圣贤，不能无谤。试问释迦于移山之口[①]，佛云乎哉；叩宣尼于伐木之夫[②]，何圣之有？

【注释】

①移山：指山野之人。

②宣尼：汉元始元年追谥孔子为褒成宣尼公，后人于是称孔子为“宣尼”。

【品读】

自古以来，由于圣贤的思想博大深厚，不同凡响，常人很难把握和理解，所以他们往往遭到一些无知之人的冷遇、误解，甚至非议、诽谤。“自古圣贤皆寂寞”，应该说是比较符合历史事实的。不过，屠隆这番话的真实用意，并不在于指出这一事实，其目的在于说明，要准确评价一个人，空虚不实之论是不可靠的；更重要的是，评论人必须与被评者具有相似的精神品位和精神高度。

不染何妨入道

道人好看花竹，寄托聊以适情；居士偶听弦歌，不染何妨入道[1]。情旷亦自有致，寂寞无令太枯。

【注释】

①染：即佛教所谓“染着”，指爱欲之心浸染外物，执着不离。

【品读】

晚明文人一方面修禅求道，一方面又对风景、音乐具有浓厚的兴趣。在屠隆看来，只要不执着、不沉迷于这些享受，是不会妨碍修道的。相反他觉得，追求超旷脱俗的生活，必须保持高雅的情趣，不能流于寂寞和乏味。

只在一心不乱

眉睫才交，梦里便不能主张；眼光落地，死去又安得分明。故学道之法无多，只在一心不乱。

【品读】

人在白日，为了达到自己的目的，或者为了满足自己的欲望，奔波劳碌，心力交瘁。但是夜来，刚一睡着，就梦见或为虎狼所追逐，或为恶人所包围，或与所爱而分离。这与白日的意气风发，事事必以自己为主宰的情景截然不同。然而事实上，在白天，我们受到种种牵制与命运摆布，我们何尝是自己的主人？这样说来，白日的我们和梦境中的我们，本质是一样的。我们有许多人终日汲汲于名利、权势、得失、成败里，何曾有过片刻的安宁？佛教认为，我们在生活中如果能够做到“无心”，就能对我们所处的环境不生爱憎分别，就能时时随缘自在，没有牵系挂碍，从而最终获得解脱。

自作主宰

若富贵贫穷，由我力取，则造物为无权；若毁誉嗔喜，随人脚跟[①]，则谗夫愈得志。

【注释】

①随人脚跟：谓亦步亦趋，人云亦云。

【品读】

这段话的前半部分是说，富、贵、贫、穷，在很大程度上是由造物所决定的，并非全是人力所致。后半部分是说，对于他人的毁、誉、嗔、喜，不要人云亦云，否则那些喜欢造谣中伤的人，就会更加肆无忌惮，变本加厉。

倒屣与掩耳

方外偶过僧道，倒双屣[①]，急开竹户迎来；座中倘及市朝，掩两耳，辄敕松风吹去。

【注释】

①倒双屣（xǐ）：形容热情迎客。《三国志·魏书·王粲传》："（蔡邕）闻粲在门，倒屣迎之。"屣，鞋子。倒屣，急于迎客，倒穿鞋子。

【品读】

这段话通过虚构两幕不同的生活情景，表达了他的人生志趣，言语之中，颇有谐趣。其字面意思是：偶有僧人或道士路过家门，就急忙热情地将他请到家里来；如果座中宾客有谁言及富贵利禄的事，则掩耳不听，让他的言谈随风而逝。

非俗非僧

楼窥睥睨[①]，窗中隐隐江帆，家在半村半郭；山依精庐[②]，松下时时清梵，人称非俗非僧。

【注释】

①睥睨（pì nì）：古代城墙上的锯齿形的短墙。

②精庐：佛寺。

【品读】

家既然在乡野和城郭之间，则表明作者虽然隐居，却并未远离红尘。由于家与佛寺相邻，那么作者常与僧人来往就可想而知；又加之作者时常在松下诵经，以至于被人戏称既不像人俗人，也不像个僧人。“非俗非僧”，换个角度说，就是亦俗亦僧。在这里，屠隆通过一幅充满诗意的画卷，展示了清丽幽静的隐居环境和隐居生活，流露出一种既超旷又不远离尘世的生活情趣。

难断恩爱

华屋朱门，过王侯而掉臂[①]；黄头历齿[②]，对儿子而伤心。高人之轻富贵也易，断恩爱也难。

【注释】

①掉臂：摇动手臂，表示不顾而去。

②黄头历齿：形容年纪老迈。黄头，老人发白，白久则黄。历齿，牙齿稀疏不齐。

【品读】

这段话采用对比的方式，说明舍弃富贵容易，而要想抛弃骨肉亲情，那就要艰难得多。这说明屠隆并不是一位不食人间烟火的真正的佛教徒，他只是想修禅习道，从而使自己获得心灵的超脱，过上一种自由闲适的生活。

玄赏与清言

观上虞《论衡》[①]，笑中郎未精玄赏[②]；读临川《世说》[③]，知晋人果善清言。

【注释】

①上虞：指王充。王充字仲任，东汉上虞人。少孤贫，受业太学，曾师事班彪。他闭门潜思三十年，著《论衡》一书。该书释物类同异，正时俗嫌疑，卓有所见。

②中郎：指蔡邕。因曾任中郎将，故称“中郎”。《后汉书·王充传》注引《袁山松书》曰：“充所作《论衡》，中土未有传者，蔡邕入吴始得之，恒秘玩以为谈助。”又引《抱朴子》曰：“时人嫌蔡邕得异书，或搜求其帐中隐处，果得《论衡》，抱数卷持去。邕丁宁（叮咛）之曰：‘唯我与尔共之，勿广也。’”玄赏：对奥妙旨趣的领悟。

③临川：指南朝宋临川王刘义庆。《世说》：刘义庆撰，南朝梁刘孝标注。亦曰《世说新书》，后称《世说新语》。着重记载东汉末年至东晋年间士大夫的言谈、轶事，反映了当时士族的思想、生活和清谈放诞的风气。

【品读】

东汉时期，谶纬之学十分流行，并且渗入儒家学说，使其蒙上了浓厚的神秘主义的色彩。当时，很多巫师、方士编造预言吉凶的隐语，儒生也以迷信、方术、预言对儒家经典进行牵强附会地解说，使当时的社会笼罩在虚妄不实的氛围之中。为了批判这种荒诞不经的学说，消除这种虚妄不实的风气，王充专门写了《论衡》一书。该书解释世俗之疑，辨照是非之理，具有很高的学术价值和思想价值。蔡邕得到这部书之后，虽然很重视，但由于此书的思想在当时显得很叛逆，所以他不愿此书广为流传。正由于此，屠隆认为蔡邕并未真正领会《论衡》的价值所在。

《世说新语》是一部记录汉末、魏晋名士逸闻趣事和奇谈妙语的奇书，其中有很多关于清谈的玄言妙语，自其成书之日起，就一直受到历代人们的广泛喜爱。屠隆说“读临川《世说》知晋人果善清言”，不难看出他对此书十分推崇和喜爱。事实上，他，以及其他很多晚明文人在小品文的创作上，都在很大程度上受到了《世说新语》的影响。

物我两忘

瞑目跏趺①，落花飘而满几；冥心入定②，鼯鼠出而行阶③。

【注释】

①跏趺(jiā fū)：佛教徒的坐法，双足交叠而坐。

②入定：佛教徒静坐敛心，不起杂念，使心定于一处，谓之入定。

③鼯(wú)鼠：一名夷由，俗称飞鼠。

【品读】

参禅打坐时，鲜花随风飘落，意味着它生命的结束，但是它既没有对生的留恋，也没有对死的悲哀，显得那么自然而然，这实际上反映出修行者心灵的自然与空明。鼯鼠行于阶下，与人之间的关系多么和谐，这暗示出修行者心如明镜，不滞于物，已进入物我两忘的境界。

名花与茂树

杨德祖家唯弱柳①，我则杂种名花；殷仲文庭只枯槐②，余乃多栽茂树。不啻过矣。

【注释】

①杨德祖：杨修，字德祖。聪明有俊才，尝为曹操主簿。后遭操忌恨，被杀。

②殷仲文：桓温之婿。仕晋为新安太守、侍中、东阳太守。以谋反罪被诛。

【品读】

屠隆这段话巧借典故，无非是说自己优游山林、纵情花木的隐逸之趣。杨德祖和殷仲文在这里只是一种引子，它们只是为了引出作者自己的生活情趣。如果不要此二人的铺垫，那么字句就难免流于径直和粗率，就会缺乏委曲含蓄的韵致。

自主沉浮

辛相匡时，懒残豫占李泌[①]；英雄救火，图南蚤识乖崖[②]。故龙翔豹隐[③]，大冶之鼓铸由天[④]；雌伏雄飞[⑤]，至人之把柄在我[⑥]。

【注释】

①见P50“独具慧眼”注释①。

②图南蚤识乖崖：图南，即陈抟。宋真源人，字图南，先后隐居武当山、华山，自号扶摇子，宋太宗赐号希夷先生。乖崖，即张咏，字复之，自号乖崖。官至吏部尚书。宋释文莹《湘山野录》载，张咏科场受挫，“欲学道于陈希夷抟，趋豹林谷，以弟子事之，决无仕志。希夷有风鉴，一见之谓曰：‘子当为贵公卿，一生辛苦。譬犹人家张宴，方笙歌鼎沸，忽中疱火起，座客无奈，唯赖子灭之。……’”

③龙翔豹隐：龙翔，比喻得志或升官。豹隐，比喻隐居伏处。

④“大冶”句：意为一切听凭造化的安排。大冶，技术高超的冶工。《庄子·大宗师》中说：“今一以天地为大炉，以造化为大冶，恶乎往而不可哉！”

⑤雌伏雄飞：雌伏，指屈居人下，隐忍不发。雄飞，指奋发有为。

⑥至人：道家指超凡脱俗、达到无我境界的人。把柄：这里指事情的关键。

【品读】

富贵贫贱等不同的人生命运，是由天定的，但是一个人是隐而不出，还是奋发有为，完全是由自己决定的。这段话的落脚点是最后一句："至人之把柄在我"。虽然李泌、张咏二人都在高人的指引之下，功成名就，但在屠隆看来，那其实是他们的命中之事；而他自己，则宁愿自己选择自己的人生道路，做一个不汲汲于世俗名利，独与天地精神相往来的"至人"。《庄子·逍遥游》中说："若夫乘天地之正，而御六气之辩，以游无穷者，彼且恶乎待哉！故曰：至人无己，神人无功，圣人无名。"由此可见，屠隆也深受庄子及道家思想的影响。

学术界一般认为，晚明小品形式十分自由活泼，似乎是作家们兴之所至、随意挥洒而成。但只要细细通读这部《娑罗馆清言》以及其他类似的清言小品，就不难发现，其实它们中间有很大部分也是作家们苦心经营的结晶，并非随意挥洒而成。为什么这样说呢？

首先，《娑罗馆清言》采用的句式，全是精工的对偶句，而对偶句的组织，本身就离不开作者丰富的词汇积累、离不开精巧的素材搭配，更离不开对辞藻的选择、增减、锤炼等等，既然如此，那就难免显示出雕琢过甚的痕迹。这种人为的雕琢句式，让人很容易联想到四六文和八股文。屠隆之所以在全书中都采用这种对偶句式，应该说在很大程度上受到了八股文写作思维的深刻影响。不要忘了，屠隆早年也中过进士，而明朝的科举考试，考的就是八股文。屠隆中过进士，说明他是精通八股文的。虽然后来屠隆罢官隐居，但八股文思维已在他的脑中根深蒂固，所以他在创作小品文时，不可能不受其影响。我在这里毫无贬低八股和屠隆小品文的意思，我只是想陈述一个客观存在的事实。实际上，八股文并非全无是处，它至少为很多大作家日后的文学创作，打下了很坚实的基础。很多古文家和评点家都受到过八股文训练的积极影响，金圣叹就是最突出、最典型的例子。

其二，全书的对偶句，虽然绝大多数都对得很工整，但也有一部分对得相当牵强，读起来让人觉得很别扭；而且全书全由偶句组成，缺乏变化，读多了，不免让人有一种审美疲劳的感觉。

其三，屠隆此书还大量运用了典故，虽然绝大多数用得都比较自然，但也有少部分比较生僻，这也说明此书并不是作者随意挥洒而成的，而是苦心经营而成的，至少他费了不少雕琢锤炼的功夫。

当然，瑕不掩瑜，客观地指出此书的不足，并不妨害它所取得的艺术成就。从总体上来看，《娑罗馆清言》是一部难得的小品，堪称晚言清言小品的代表性作品。在我们这个急功近利、浮躁不安的时代，《娑罗馆清言》这样的清言小品，对于安顿我们的心灵，提升我们的精神品位，增添我们的生活情趣，无疑具有巨大的启发意义。可以说，包括《娑罗馆清言》在内的晚明小品，对于我们当前浮躁的社会，也具有补偏救弊的作用。

偶谭

李　　鼎（明）

李鼎，字长卿，明豫章(今江西南昌)人，生平不详。所著《偶谭》，收入明人陈继儒编辑的《宝颜堂秘笈》中。

清两耳与净初心

万壑疏风清两耳，闻世语，急须敲玉磬三声；九天凉月净初心，颂真经，胜似撞金钟百下。

【品读】

“万壑疏风”和“九天凉月”在这里只是两种符号，它们借代的是整个宇宙中的自然风物。作者说它们能“清两耳”“净初心”，意思是说，面对无穷无尽、无边无际的天地自然，作者万念俱寂，尘心顿消，心中一片空明，一片清净。此外他说，“闻世语，急须敲玉磬三声”“颂真经，胜似撞金钟百下”，体现了他远离纷扰、亲近佛学、追求超然出世的生活情趣和人生价值观。

忘无可忘

大道玄之又玄[①]，人世客而又客[②]，直至忘无可忘，乃是得无所得。

【注释】

①“大道”句：语本《老子》：“道可道，非常道，名可名，非常名。……玄之又玄，众妙之门。”

②“人世”句：谓人生在世，极其短促，犹如过客。

【品读】

这短短的四句话，却包含了道、佛两家的思想。在强调“忘”这一点上，道家和佛教是相通的。庄子认为，人在社会中的生活离不开各种欲望的驱使，同时又往往受各种“成心”的左右，所以就难免被其束缚，无法获得自由和超脱。而如果想摆脱这种不自由的状态，只有通过“心斋”“坐忘”，以虚静之心去体道，才能摆脱欲望的诱惑，声色的牵累，达到无待、无己的状态，最终才能到达超越时空、超越生死、物我两忘的境界。

禅宗也认为，众生只有超越各种差别对待，超越种种形相，做到忘你、忘我、忘情、忘境、忘是、忘非，忘有、忘无……方得返回自己的清净本心，获得解脱。

世外闲人

扫地焚香，愧作佛前之弟子；草衣木食，永为世外之闲人。

【品读】

扫地焚香，在这里指代的是修禅求道的生活方式；草衣木食，就是说衣食简朴，生活简单。所谓“愧作佛前之弟子”，表面上是说自己修为尚浅，所以自感惭愧，言外之意却是表达自己长期修禅的意愿。从总体上看，这段话流露出作者逍遥自适、超然世外的心态。

远性与逸情

定息不离几席①，远性风疏；潜身独向嵁岩②，逸情云上。

【注释】

①几席：几和席，为古人凭依、坐卧的器具。

②嵁(kān)岩：高深的山岩。

【品读】

“定息不离几席”，说明远离尘世的纷扰，没有奔波和劳碌；“潜身独向嵁岩”，说明远离复杂的人事，没有烦恼与忧愁。寥寥几笔，就将作者简单自然的隐居生活和疏放闲逸的心态呈现在我们面前。

孙子荆与王摩诘

文生于情，情生于文，问子荆直应卷舌[①]；诗中有画，画中有诗，起摩诘只合点头[②]。

【注释】

①子荆：晋孙楚，字子荆，能诗。钟嵘《诗品》将其列为中品，谓“子荆‘零雨’之外，正长‘朔风’之后，虽有累札，良亦无闻。”“零雨”，指孙楚《征西官属送于陟阳候作》一诗的首句：“晨风飘歧路，零雨被秋草。”该诗直抒胸臆，“文生于情，情生于文”，故受到推重。卷舌：闭口不言，此处谓无有异见。

②摩诘：唐王维，字摩诘。工诗画，宋代苏轼曾说：“味摩诘之诗，诗中有画；观摩诘之画，画中有诗。”

【品读】

这段话的字面意思是：如果称孙楚的《征西官属送于陟阳候作》“文生于情，情生于文”，孙楚本人也必然没有异议；如果称王维的“诗中有画，画中有诗”，王维本人也一定欣然同意。从深层内涵上看，这段话实际上是表达作者对两种诗歌创作方式的推崇之意。

高标与雅致

水流云在[①]，想子美千载高标[②]；月到风来，忆尧夫一时雅致[3]。

【注释】

①水流云在：杜甫《江亭》诗中有“水流心不竞，云在意俱迟”之句。

②子美：唐大诗人杜甫，字子美。高标：高洁的品行。

③尧夫：宋理学家邵雍，字尧夫。其《清夜吟》有“月到天心处，风来水面时”之句。

【品读】

杜甫的“水流心不竞，云在意俱迟”，与邵雍的“月到天心处，风来水面时”，都是浑然天成、意味深长的千古名句。

杜甫之句是说，江水滔滔，奔流不息，好像为了什么目的，急着向前奔跑，而作者当时的心情，非常平静和淡泊，与奔腾的江水截然不同；天上的云朵，舒卷自如，自然而然，而作者的心境，正与其相同。

邵雍之句是说，月亮升到天心，浩渺明朗的夜空，让人豁然开朗，仿佛进入一个无比自由开阔的世界；轻风吹过水面，波光荡漾，风与水之间自然默契的关系，不仅让人心旷神怡，同时又让人联想到，一切追名逐利的行为，都是违自己自然本性的虚妄之举。

杜甫和邵雍的诗句，大有异曲同工之妙，它们都体现了一种超然旷达的心态。正由于此，所以让人很自然地想起其作者的高标与雅致。陈继儒《小窗幽记》中有一句名言：“宠辱不惊，看庭前花开花落；去留无意，望天空云卷云舒。”其表达的意思及情调，与李鼎上面的那段话十分相似。

达手与俗子

开国元老，当须让圯上一翁[1]；定策奇勋，谁得似商山四皓[2]？达手撒手悬崖，俗子沉身苦海。

【注释】

①圯(yí)上一翁:指仙人黄石公。传说张良曾游于下邳圯上,遇一老人失履,张良为之拾履、穿履,老人乃授张良《太公兵法》,并说自己是谷城山下黄石。后张良佐刘邦建立汉朝,以功封为留侯。圯上,桥上。

②商山四皓:汉初隐士东园公、绮里季、夏黄公、甪里先生隐于商山,须发尽白,故称商山四皓。汉高祖欲改立太子,吕后用张良计,迎四皓辅佐太子,太子得以巩固其地位。

【品读】

要说汉代的开国元老,恐怕谁都不及那位曾在下邳授予张良兵书的老翁,因为是他成就了张良日后的功业;要论为国建立奇功,恐怕谁也比不上"商山四皓"。他们虽有不凡的政治才能,但是他们远离乱世的纷争,因此称得上是真正的智者;而张良不识时务,所以终生沉沦在苦海之中。显然,这里流露出李鼎不问政治、甘于隐居的价值取向。

真正的超脱

三徙成名,笑范蠡碌碌浮生纵扁舟,负却五湖风月[①];一朝解绶,羡渊明飘飘遗世命巾车,归来满架琴书[②]。

【注释】

①范蠡:字少伯。佐越王勾践灭吴。因惧勾践忌害功臣,遂浮海至齐,变姓名为鸱夷子皮,治产业致数千万。齐人欲以为相,范蠡乃去而至陶,自号陶朱公,又治产业累巨万。

②渊明:陶潜一名渊明,字元亮,因不能"为五斗米折腰",辞官归隐。巾车:有车衣遮盖的车。陶潜《归去来兮辞》中有"或命巾车,或棹孤舟"之句。

【品读】

范蠡虽然离开了残忍的勾践,远离了危险的政治,但是他却转而经商,广聚财物,以至辜负了五湖风月,良辰美景,这在李鼎看来,是一种心为物役、迷失自我的表现；相反，陶渊明挂冠而去，归隐田园，从而从根本上摆脱了束缚，获得了真正的自由，保持了自己淳朴自然的本性，李鼎认为他才能算得是真正的超脱者。

大人与丈夫

先天而天弗违，后天而奉天时，孔子其大人也①！得志与民由之，不得志独行其道，孟子真丈夫哉②！

【注释】

①“先天”二句：见《周易·乾卦》。意思是说按照自然规律办事，不管是先于天时行事，还是后于天时行动，都没有什么行不通的。大人，这里是指按照自然规律行事的人。《周易·乾卦》中说：“夫大人者，与天地合其德，与日月合其明，与四时合其序，与鬼神合其吉凶。”作者认为被尊为“万世师表”的孔子符合“大人”的标准。

②“得志独行”二句：得志则治理国家，使人民顺从，不得志则按一定的准则来规范自己。孟子曾说过：“穷则独善其身，达则兼善天下。”（《孟子·尽心上》）

【品读】

孔子告诫人们要遵循天时而行，显示了过人的智慧和品德，因此称得上是一位“大人”；孟子为人们提出了“穷则独善其身，达则兼善天下”的处世原则，而且事实上，他既有继承道统、积极入世的雄伟抱负，同时也始终保持自己独立的人格和傲岸的个性，所以称得上是一位真正的“大丈夫”。

不忍之心与浩然之气

人皆有不忍之心，充之足保四海；我善养浩然之气，究之可塞两间①。

【注释】

①两间：即天地之间。苏轼在《潮州韩文公庙碑》中说："孟子曰：'我善养吾浩然之气。'是气也，寓于寻常之中，而塞乎天地之间。"

【品读】

所谓不忍之心，孟子认为实际就是仁义之心。如果上至国君，下至庶民，都有这种不忍之心，就足以获得人心，保持天下了。如果一个人善养浩然之气，那么这种浩然之气就可以充塞于天地之间。

蔡泽与王之涣

名利场中羽客，人人输蔡泽一筹[①]；烟花队里仙流，个个让涣之独步[②]。

【注释】

①蔡泽：战国燕人。善辩多智，游说诸侯。秦昭王召见，与谈天下大事，大悦，拜泽为客卿。不久又代范雎为相。居相位数月，泽知有人憎恶他，乃急流勇退，谢病归相印，号为纲成君。历昭王、孝文王、庄襄王，卒于秦始皇在位时。（《史记·范雎蔡泽列传》）

②涣之：唐代诗人王之涣，字季陵。有的书籍误作"涣之""之涣"。据薛用弱《集异记》记载：王之涣与高适、王昌龄同饮于旗亭（酒楼），有几个歌妓陆续来到，三诗人私下约定，歌妓所唱，若为己诗，各画壁记之。俄高适得一，昌龄得二，之涣独无。之涣指着歌妓中最佳者说：如果所唱非我诗，即不敢与诸君争衡。此妓果然唱"黄河远上白云间"一首，正是之涣得意之作，众人大笑。

【品读】

蔡泽能够抓住机遇，积极入世，显示了过人的眼光和才能，而在功成名就、树大招风之时，他又能够激流勇退，显示出高超的人生智慧，因此他可以说是名利场中的高手，历史上恐怕很少有人能及他。王之涣的诗，广为歌妓所喜爱和传唱，因此可以称得上是烟花队里的明星，这点他人很难比得上他。

这段话的前半部分，是对人生的感悟，显得深刻；而后半部分，是对掌故的调侃，显得诙谐。

全都放下

损之又损，栽花种竹，尽交还乌有先生[①]；忘无可忘，煮茗焚香，总不问白衣童子[②]。

【注释】

①乌有先生：司马相如《子虚赋》设子虚、乌有先生互为问答。以本无此人，故称子虚、乌有。乌有，即何有，后因谓无有为乌有。

②白衣童子：指送酒的白衣小吏。南朝宋檀道鸾在《续晋阳秋》中写道："王宏为江州刺史，陶潜九月九日无酒，于宅边东篱下菊丛中摘盈把，坐其侧，未几望见一白衣至，乃刺史王宏送酒也。"

【品读】

功名、利禄、是非、成败、荣辱、得失，全都放下，不再计较，就是李鼎所说的"尽交还乌有先生"的真实意思；所谓"总不问白衣童子"，就是说陶渊明虽然超越了名与利的诱惑，摆脱了贫与富的煎熬，平息了仕与隐的冲突，但他依然还有一个纠结未能打开，那就是他对酒的嗜好与依恋。在佛家看来，人一旦有依恋，就不能真正获得超脱。李鼎在这里想要表达的，实际上是他想彻底忘掉一切的心态。

诗思与野趣

诗思在霸陵桥上微吟就[①]，林岫便已浩然[②]；野趣在镜湖曲边独往时[③]，山川自相映发[④]。

【注释】

①霸陵桥：亦作"灞桥"。在西安东灞陵。古代长安人迎来送往之

地，亦诗人行吟之处，宋孙光宪《北梦琐言》中记载："唐相国郑綮虽有诗名，本无廊庙之望。……或曰：'相国近有新诗否？'对曰：'诗思在灞桥风雪中、驴子上，此处何以得之？'"

②林岫便已浩然：《世说新语·言语》篇中记载："道壹道人好整饰音辞。从都下还东山，经吴中。已而会雪下，未甚寒。诸道人问在道所经，壹公曰：'风霜固所不论，乃先集其惨澹；郊邑正自飘瞥，林岫便已皓然。'"

③镜湖：亦名长湖、大湖、庆湖、鉴湖，在浙江绍兴市南。唐诗人贺知章天宝初年请为道士，归里，玄宗诏赐镜湖剡川一曲。镜湖水清如镜，远山四围。

④山川自相映发：《世说新语·言语》篇中记载："王子敬云：'从山阴道上行，山川自相映发，使人应接不暇。若秋冬之际，尤难为怀。'"

【品读】

晚明文人将他们的隐逸生活艺术化了，因而使他们的日常生活行为，透露出一种雅致的趣味。虽然作者在这里描绘的是他想象中的生活情景，并非实景，但由此我们不难想象到他疏旷的胸襟和野逸的情趣。在艺术上，这段话的一个重要特点是，它虽然句句用典，但四个典故却被作者搭配得相当巧妙自然，不显拼凑的痕迹。尤其是"林岫便已浩然""山川自相映发"二句，都是《世说新语·言语》篇中现成的句子，作者直接移置过来，而且它们的确可以构成对偶，显示了作者高超的造句能力。

名士与佳儿

醺醺熟读《离骚》，孝伯外敢曰并皆名士[①]？碌碌常承色笑，阿奴辈果然尽是佳儿[②]。

【注释】

①孝伯：晋王恭，字孝伯。"有清词简旨，而读书少"。曾云："名士不必须奇才，但使常得无事，痛饮酒，熟读《离骚》，便可称名士。"（见《世

说新语·任诞》)

②阿奴:南北朝时年长者对年纪比己小者之称呼,表示亲爱。旧以为是晋王濛、周谟小名,皆非。晋周𫖮(伯仁)、周嵩、周谟兄弟并列显位,其母于冬至日置酒饮宴,举杯赐三子曰:“吾本渡江,托足无所,不谓尔等并贵,列吾目前,吾复何忧!”其次子周嵩云:“恐不如尊旨。伯仁志大而才短,名重而识暗,好乘人之弊,此非自全之道。嵩性抗直,亦不容于世。唯阿奴(指周谟)碌碌,当在阿母目下耳!”后𫖮、嵩果为王敦所杀害,唯周谟得保其天年。(详见《世说新语·识鉴》《晋书·列女传》《晋书·周浚传》)

【品读】

晋人王恭说:“名士不必须奇才,但使常得无事,痛饮酒,熟读《离骚》,便可称名士。”仅从此言,就可想见他慷慨豪迈、放浪不羁的名士风度;而历史上,那些像周谟一样韬光养晦、与世俯仰的人,最终得以保全自身,也可以说都是一些了不起的人。在这里,李鼎实际上通过对历史人物的品评,表达了自己对两种不同人生态度的认可。

自寻烦恼

月华淡荡,本自无形;风韵飘飏,何曾有质?达士澄怀意表,斯为得之;文人寄兴篇端,亦云劳矣!若乃娈童幼女①,酒池糟丘②,吟风直作捕风,弄月翻为捉月。

【注释】

①娈(luán)童:为人狎弄的美少年。

②酒池糟丘:酒为池,糟成丘。形容穷奢极欲。刘向《新序·刺奢》:“(夏)桀作瑶台,罢民力,殚民财,为酒池糟堤,纵靡靡之乐。”

【品读】

就像月光无形、清风无质一样,真正的达士也往往脱略形骸,不拘形迹;而一般的文士,总喜欢舞文弄墨,这不过是自寻烦恼、自讨苦吃罢了。至于有些人狎弄娈童幼女，纵情饮酒享乐，那就更是恶俗不堪了。唐代的灵祐禅师说过："道也者，无住生心也。"所谓"无住生心"，就是放弃我们的分别心。如果能够心不执着于色、声、香、味、触、法六尘之上，那么我们就会体会得到无住真心，就可以得"道"了。

有身与无己

遣累辞家而出家之累未免，信所患为吾有身[①]；断想除根而无根之想倏来[②]，转更忆至人无己[③]。

【注释】

①有身：即有我。《老子》说："吾所以有大患者，为吾有身；及吾无身，吾有何患！"

②根：即六根。佛教谓眼、耳、鼻、舌、身、意为罪孽根源。

③至人：在庄子哲学中，至人是指那种无我、无待，即没有偏执的我见，不受外力限制和支配的、精神绝对自由的人。《庄子·逍遥游》中有"至人无己，神人无功，圣人无名"之句。

【品读】

为了摆脱世俗的种种牵绊，于是选择出家，结果出家之后却又有了新的牵绊，这让人不得不相信老子所说的，"吾所以有大患者，为吾有身"。本想彻底断除尘念，但各种无根之想却纷至沓来，这让人不禁想起庄子"至人无己"的说法。李鼎出入于儒、道、佛各家思想，在这里，他将佛家和老庄的思想有机地融合到一起，表达了他超然世外，企求达到无我无待、无思无虑的人生旨趣。

不染六尘

趣在阿堵中[①]，终日营营而六根不倦[②]；心在腔子里，经年兀兀而四大常安[3]。

【注释】

①阿堵：钱的俗称。据《世说新语·规箴》篇记载："王夷甫（衍）雅尚玄远，常嫉其妇贪浊，口未尝言'钱'字。妇欲试之，令婢以钱绕床不得行。夷甫晨起，见钱阂行，呼婢曰：'举却阿堵物！'"阿堵，犹言这个。

②六根：佛教用语，包括眼、耳、鼻、舌、身、意六个识根。

③兀兀：勤勉不止的样子。四大：佛教认为地、水、火、风为四大，此四者产生一切事物。《圆觉经》中说："恒作此念，我今此身四大和合。"

【品读】

六根是心的外缘，能感觉六尘，并形成六识。如果一个人贪欲不除，那么他将终生得不到安宁，而如果六根清净，则不染六尘，不生六识，也就不会有各种邪念和妄想。所谓"心在腔子里"，表面上是说把心安放在它本来的位置上，言外之意是保持内心的清净。佛家认为，如能达到"六根静净、四大皆空"的境界，就会消除荣辱得失、是非利害的烦扰，恢复自身的清净本心，从而最终获得解脱。

不可拘泥

游鱼不解五音，鼓琴出听[1]；顽石未深四谛，闻法点头[2]。偶然而不必尽然，可信而无须深信。

【注释】

①"游鱼"句：《荀子·劝学》："昔者瓠巴鼓瑟而流鱼出听，伯牙鼓琴而六马仰秣。"瓠巴，楚人，传说其善鼓琴瑟。

②"顽石"句：晋高僧道生"被摈南还，入虎丘山，聚石为徒，讲《涅槃经》……群石皆为点头"。四谛，佛教语。又名四圣谛、四真谛。分别指：苦（生老病死），集（集聚骨肉财帛），灭（灭除惑业、离生死之苦），道（正见、正思唯等八正道，以其能通于涅槃）。

【品读】

鸟、兽、虫、鱼等被动人的音乐所感染，这在很多中国古代典籍中都有记载。不过，这种现象大概有很多都是偶然产生的，并非一定如此，因为这些生物毕竟没有像人一样的音乐修养。佛教为了宣扬佛法的广大远边，所以经常会渲染一些高僧的灵异之举，这在佛教典籍中可谓比比皆是。高僧们的那些灵异行为显然是不可相信的，但他们宣扬的思想，却是值得信奉的。

如人饮水

微言绝于人亡①，观者不知作者之意；绝技成于力到，巧者无过习者之门②。

【注释】

①微言：精深之言。

②习者：通晓某种事物的人。

【品读】

对于著书立说而言，作者死了，其著作的微言妙义，后来的读者是无法真正或者完全理解得了的。任何一项绝技都来源于艰苦卓绝的训练，所以那些投机取巧的人，是不敢到身怀绝技之人面前去现丑的。李鼎这番话，启示我们，要想在任何一个领域取得一定的成绩，必须自己勤学苦练，坚持不懈地在实践中体验、揣摩和总结；任何投机取巧的行为，都是不能奏效的。《庄子》中说："可以言论者，物之粗也；可以意致者，物之精也。"任何精深玄妙的道理或绝技，都不能光指望通过他人传授，更重要的是自己必须亲自去体验、去苦练。习禅修道更是如此。习禅，如人饮水，冷暖只能自己去体会，非语言所能表达。一旦诉诸语言，反而会失去禅的真意。

终须露自己精神

心声者酷似其貌，貌言者无关于心。故分果车中，毕竟借他人面孔[①]；捉刀床侧，终须露自己精神[②]。

【注释】

①分果车中：《世说新语·容止》注引《语林》曰："安仁（潘岳）至美，每行，老妪以果掷之，满车。张孟阳（载）至丑，每行，小儿以瓦石投之，亦满车。"

②捉刀床侧：《世说新语·容止》："魏武（曹操）将见匈奴使，自以形陋，不足雄远国，使崔季珪（琰）代，帝自捉刀立床头。既毕，令间谍问曰：'魏王何如？'匈奴使答曰：'魏王雅望非常。然床头捉刀人，此乃英雄也。'"

【品读】

这段话的宗旨是想说明，一个人容貌与内在的精神往往很不一致。就像张载，他和潘岳都是西晋的大诗人，才华相当，也可以说他们的心声相当，但是潘岳却因为貌美，而受到妇人的广泛欢迎；张载却因为相貌较丑，而受到妇人的一致反感。又如，曹操的相貌虽然谈不上好看，但他不凡的英雄气质还是掩饰不住，让人一看就觉得与众不同。

无牵无挂

身在江湖，心悬魏阙[①]，身心两地奔波；手探月窟，足蹑天根[②]，手足一齐顺适。

【注释】

①"身在江湖"句：《庄子·让王》中记载："中山公子牟谓瞻子曰：'身在江海之上，心居乎魏阙之下，奈何？'"魏阙，古代宫门上的楼观，用

以代指朝廷。

②手探月窟，足蹑天根：邵雍是北宋道学五子之一，他有着“包括宇宙，终始古今”的宽阔胸怀和豪迈气势，朱熹曾称赞他“手探月窟，足蹑天根，闲中今古，醉里乾坤”。（《朱子大全》卷八十五）

【品读】

如果一个人身在江湖，却又念念不忘功名利禄，那只会让他人格分裂，内心得不到片刻的安宁；与其这样，还不如做一个无牵无挂的闲逸之人，以获得身心的安顿。

天际真人与山中宰相

凤凰来仪[①]，而不可为仪，千载作天际真人之想[②]；龙性难驯[③]，而似乎易驯，一时传山中宰相之称[④]。

【注释】

①凤凰来仪：《尚书·虞书·益稷》：“箫韶九成，凤凰来仪。”是说优美的音乐九奏而使凤凰翩翩飞来。

②天际真人：天上神仙。《世说新语·容止》：“仁祖（谢尚）企脚北窗下弹琵琶，故自有天际真人想。”

③龙性难驯：三国魏名士嵇康，官中散大夫，世称“嵇中散”。不肯依附执掌时政的司马氏，被钟会比作卧龙。后遭钟会诬陷，被杀。南朝宋颜延年《五君咏·嵇中散》诗中有“鸾翻有时铩，龙性谁能驯”句。

④山中宰相：陶弘景于南朝齐时，辞官归隐，寻仙访药，自称“陶隐居”。梁武帝（萧衍）早年曾与之游，及即位后，常向他咨询政务，书问不绝。时人称陶为“山中宰相”。

【品读】

这里借用神话和典故，表达了作者向往自由，企求超脱的人生志趣，同时对陶弘景那样虽然隐居、却依然汲汲于政治的假隐士进行了含蓄的嘲讽。

静里乾坤

茅檐外忽闻犬吠鸡鸣，恍似云中世界[1]；竹窗下雅有蝉吟鸦噪，方知静里乾坤。

【注释】

①云中世界：谓仙界。汉王充《论衡·道虚》："（淮南）王遂得道，举家升天，畜产皆仙，犬吠于天上，鸡鸣于云中。"

【品读】

茅檐之外，偶然传来几声狗吠和鸡鸣之声，越发让人觉得环境宁静无比，就像仙境一样。竹窗之下，静听那蝉鸣和鸦噪，于是更加真切地感到，只要内心清净，就会进入一个无比广阔的天地。这里表达的，依然是隐居之后自得疏放的闲情逸致。

闲情逸兴

杏花疏雨，杨柳轻风，兴到欣然独往；村落浮烟，沙汀印月，歌残倏尔言旋[1]。

【注释】

①倏尔：疾速，形容时间短。言旋：返回。言，助词，无实义。

【品读】

杏花疏雨，杨柳轻风，村落浮烟，沙汀印月，作者直接以意象组合的方式，寥寥几笔就勾画了一幅无比清丽、静谧富于生活气息的山林隐逸图。"兴到欣然独往""歌残倏尔言旋"两句，表明作者的身心完全沉浸在大自然之中，无思无虑，无牵无挂，无拘无束。

坐邀神仙

万里寒光生积雪[1],坐相邀天路神仙;一片冰心在玉壶,难持饷洛阳亲友[2]。

【注释】

①"万里寒光生积雪"句:化用谢灵运《岁暮》"明月照积雪"诗意。

②"一片冰心在玉壶":乃王昌龄《芙蓉楼送辛渐》中的一句。全诗如下:"寒雨连江夜入吴,平明送客楚山孤。洛阳亲友如相问,一片冰心在玉壶。"

【品读】

这段话的前半部分是说,冰天雪地,万里寒光,让人仿佛迥出尘世,以至于有一种进入仙界的感觉。想象十分恢宏,但下文却与前半部分似乎并没有什么逻辑关系。整段话,虽然在字面上对偶工巧,但是前后语意不贯,所以说李鼎这段话应是为文而造情,刻意追求格言隽语的倾向十分明显。

五夜清霜与三春丽日

五夜清霜[1],收拾尽许多生意;三春丽日,放开来无限杀机。

【注释】

①五夜:即五更。

【品读】

晚明文人不仅从自然风光中寻找心灵的解脱,而且还在宇宙自然中体悟丰富的哲理。李鼎这段话,表明他从季节的变化中,悟到了深刻的自然规律和人事哲理。秋冬之时,气候变冷,很多生物就停止生长,而人们对自然的掠夺也就随之收敛;而到了阳春三月,万物生长，而人们对各种生物的采伐和杀戮，也就随之增加。显然作者对大自然的一切生物，充满同情喜爱之情，但人类为了生存，又不得不从自然中获取它们。作者在言语之中，流露出一种无可奈何的叹息。

远离世事

枕中鸿宝一编①，应自有风霜之句；室中竹实数斛，定知作鸾凤之音②。

【注释】

①枕中鸿宝：汉淮南王刘安有《枕中鸿宝》等道书，其名冠以“枕中”二字，谓藏之枕中，珍藏不泄。故这里的“枕中鸿宝”，实是借代道教典籍。

②竹实：亦名竹米。传说鸾凤非梧桐不集，非竹实不食。鸾凤之音：此处指嘬唇发出的啸声。《世说新语·栖逸》：“阮步兵（籍）啸闻数百步。”注引《魏氏春秋》曰：“尝游苏门山，有隐者，莫知姓名，有竹实数斛、杵臼而已。……籍既降，先生喟然高啸，有如凤音。”

【品读】

经常诵读道书，所以口中自然多有不俗之句；远离世事，飘然远举，自然就有一种具有不同流俗的品格。

诸尘不染

春食苗，夏食叶，秋食华，冬食根，四时食其木，南阳菊宜早种乎①？酒不御，色不迩，财不贪，气不使，诸尘不能染，西方莲立时见矣②。

【注释】

①南阳菊：《太平御览》卷九九六引《风俗通》：“南阳郦县有甘谷，谷

中水甘美。云其山上大有菊菜，水从山流下，得其滋液，谷中三十余家不复穿井，仰饮此水。上寿百二三十，其中百余，七十、八十名之为夭。”

②西方莲：喻佛。佛教认为莲花出淤泥而不染，是清净吉祥之花。佛说法，亦坐于莲花之上。

【品读】

生活越简单，饮食越清淡，就越能健康长寿，得享天年；而消除一切贪欲，不染六尘，就能臻于佛教所说的涅槃境界。

才子风流

天仙才子，万古庄周；才子天仙，千秋李白。风流放诞，苏子瞻艺海英英①；放诞风流，王实甫词林楚楚②。

【注释】

①英英：才华出众的人物。

②王实甫：元代戏曲家。杂剧《西厢记》为其代表作。楚楚：杰出的人物。

【品读】

魏晋士人喜好品评，以此显示自己的睿智与卓见，晚明文人受此风气的影响，所以也好品评历史人物。李鼎认为，庄子、李白二人可以同称为天仙与才子，而苏轼、王实甫二人的风流放诞，可以说是十分相似的。如果说前者还算是老生常谈的话，那么后者则应该说是颇有新意的看法。

日远俗情

为市井草莽之臣，早输国课①；作泉石烟霞之主，日远俗情。

【注释】

①国课：国家的赋税。

【品读】

作为市井草莽之中的人臣，就必须早早地缴纳国税；而作为远离官场隐者，则可以远离一切俗情。这就将出仕与归隐两种不同人生道路进行了鲜明的对比，而在这种对比中，作者的价值倾向是显而易见的。

知足常乐

饘于是，粥于是[①]，充口腹无羡大烹；寒不出，暑不出，庇风雨自安小乐。

【注释】

①饘（zhān）：稠粥。粥之稠者为饘，稀者为粥。《左传》昭公七年正考父《鼎铭》："饘于是，粥于是，以糊余口。"

【品读】

隐居的生活条件自然是很简单的，但是对于一个内心真正超脱的人，他一定不会在意。虽然他每日以粥充饥，但他丝毫不羡慕别人的美味佳肴；虽然他的房子十分简陋，但也足以抵御风寒，所以他也感到十分满足。

心　胸

不善饮而喜人善饮，苏长公深得酒仙三昧[①]；虽得诗而忌人能诗，隋炀帝徒为词客修罗[②]。

【注释】

①苏长（zhǎng）公：苏轼。苏轼在兄弟排行中居长，故称长公。

三昧：奥妙，诀窍。苏轼在《书〈东皋子传〉后》中说："余饮酒终日，不过五合，天下之不能饮，无在余下者。然喜人饮酒，见客举杯徐引，则余胸中为之浩浩焉，落落焉，酣适之味，乃过于客。闲居未尝一日无客，客至未尝不置酒，天下之好饮，亦无在吾上者。常以谓人之至乐，莫若身无病而心无忧，我则无是二者矣。然人之有是者接于余前，则余安得全其乐乎？故所至常蓄善药，有求者则与之，而尤喜酿酒以饮客。或曰：'子无病而多蓄药，不饮而多酿酒，劳己以为人，何也？'余笑曰：'病者得药，吾为之体轻；饮者困于酒，吾为之酣适，盖专以自为也。'"

②隋炀帝：杨广，在位十四年，以荒淫残暴著称。据传诗人薛道衡作《昔昔盐》诗，中有"暗牖悬蛛网，空梁落燕泥"一联尤为人称道，遭到隋炀帝嫉妒，被杀害。修罗：阿修罗之简称，古印度神话中恶神名。

【品读】

苏轼自己不善饮酒，但却经常以酒款待那些好酒的朋友，这种成人之美的心胸，在李鼎看来，可以说是深得酒中三昧的。隋炀帝虽也能写诗，但他嫉妒才能更高的薛道衡，并将之无故杀害，这种心胸狭窄的小人，只能称之诗坛中的恶神修罗。

无　　念

热不可除而热恼可除，秋在清凉台上①；穷不可遣而穷愁可遣，春生安乐窝中②。

【注释】

①热恼：对热天的烦恼厌恶之情。清凉台：泛指清凉避暑之处。如五台山"岁积坚冰，夏仍飞雪，曾无炎暑，故曰清凉"。（《华严经疏》）

②安乐窝：泛指清净舒适的居处。宋理学家邵雍居洛阳天津桥南，称其住宅为安乐窝。

【品读】

热,本不可除,但只要你不以为念,内心清净,自然就会觉得凉快,就像俗语所说的:"心静自然凉。"贫穷一时难以消除,但只要你不太计较,那么你自然就会觉得生活是无比美好的,这也就是俗语所说的:"知足者常乐。"

证　　悟

竹几当窗,拥万卷,列百城,南面王不与易此①;蒲团藉地,结双趺,空万有,西方圣立证于兹②。

【注释】

①"拥万卷"句:《魏书·李谧传》:"每曰:'丈夫拥书万卷,何假南面百城?'"古代以坐北朝南为尊,君王临朝必南面而坐。

②西方圣:谓佛。

【品读】

隐居的生活逍遥自在,更何况还有藏书万卷?这种自在的生活,就是南面称王也比不上。一个人静静地参禅打坐,如果能体悟到万法皆空,放弃种种分别与执着,那么他当下就可开悟成佛。

谈禅不可无美人

白云森天外,美人正自可思;明月满楼中,老子兴复不浅。

【品读】

晚明小品文作家普遍钟情于山水,山水对于他们来说,决不仅仅是隐居的场所,更重要的是他们在山水中,寄托了他们的人格理想与审美趣味。天空中自由飘荡的白云,勾起了作者对美人的遐想;楼上明光徘徊,一片空明寂静,让人自然生出一种闲情雅致。

吴从先《小窗自纪》中说:"谈禅不可无美人。"其意思与李鼎这句话是相通的，它们都体现了晚明文人既清雅又清狂的生活情趣。

狂客逸人

湖海上浮家泛宅[①]，烟霞五色足资粮；乾坤内狂客逸人，花鸟四时供啸咏。

【注释】

①浮家泛宅：以船为家，随遇而安。《新唐书·张志和传》："颜真卿为湖州刺史，志和来谒，真卿以舟敝漏，请更之。志和曰：'愿为浮家泛宅，往来苕霅间。'"

【品读】

晚明文人远离仕途之后，纷纷投身到大自然的怀抱。他们或泛舟五湖，游山玩水，或啸傲山林，吟诗作赋，过着神仙一般的生活。李鼎这段话，展示了晚明文人隐逸生活的一个侧面。

禅宗认为，一念顿悟，就能解脱自在；一念生迷，就为烦恼所缚。

岩栖幽事

陈继儒 （明）

陈继儒(1558—1639)，字仲醇，号眉公，又号麋公，松江华亭(今属上海)人。年轻时即有才名。自命隐士，先居住小昆山，后筑室东佘山，而又周旋官绅间，时人颇有讥评。工诗善文，短翰小词，皆极风致，兼能书画。著述宏富，有《陈眉公全集》传世。所辑《宝颜堂秘笈》六集，保存小说杂记甚多。

多读与少说

多读两句书，少说一句话。

【品读】

禅说一切语言皆为检嫌，多读、少言、多悟。

香令人幽

香令人幽，酒令人远，石令人隽，琴令人寂，茶令人爽，竹令人冷，月令人孤，棋令人闲，杖令人轻，水令人空，雪令人旷，剑令人悲，蒲团令人枯，美人令人怜，僧令人淡，花令人韵，金石彝鼎令人古。

【品读】

著名的十七令。各种爱好对人品行之影响。与不同的人、物相处，能培养不同的性情，吾人当广泛深入万物，悉心体验世界，以磨炼心性与才情，博观而约取，达到对于人性与万物的洞察。

岩栖之事

客过草堂，叩余岩栖之事，余倦于酬答，但拈古人诗句以应之。问：是何感慨而甘栖遁？曰：得闲多事外，知足少年中。问：是何功课而能遣日？曰：种花春扫雪，看箓夜焚香[①]。问：是何利养而获终老？曰：砚田无恶岁，酒国有长春。问：是何往还而破寂寥？曰：有客来相访，通名是伏羲[②]。

【注释】

①箓：道教秘籍。

②伏羲：古代传说中的部落酋长。此处用以指远离尘嚣的高士，犹陶潜所说的“羲皇上人”。（见陶潜《与子俨等书》：“常言五六月中，北窗下卧，遇凉风暂至，自谓是羲皇上人。”）

【品读】

“得闲多事外，知足少年中”是内心的充实；“种花春扫雪，看箓夜焚香”是生活的充实；“砚田无恶岁，酒国有长春”是物质的满足；“有客来相访，通名是伏羲”是价值的认取，吾人真能做到悠游达观，离圣人不远。

独喜赏雪

余喜赏雪，每戏云：古今二钝汉：袁安闭门[①]，子猷返棹[②]。底是避寒作许题目。

【注释】

①袁安闭门：袁安，字邵公，汉汝南汝阳（属今河南省）人。《后汉书·袁安传》李贤注引《汝南先贤传》："时大雪积地丈余，洛阳令自出案行，见人家皆除雪出，有乞食者至袁安门，无有行路。谓安已死，令人除雪入户，见安僵卧，问何以不出？安曰：'大雪，人皆饿，不宜干人。'令以为贤，举为孝廉也。"

②子猷返棹：子猷，即王徽之。晋著名书法家王羲之之子。性卓荦不羁，尝雪夜泛舟访戴逵，至门而返，人问其故，云："乘兴而来，兴尽而返，何必见戴？"（见《世说新语·任诞》）

【品读】

心态不同，对事对物的理解与观感也不同。袁安闭门，解于人饥；子猷返棹，不顾而返，都有自己的心态与性情，作者独喜赏雪，此与袁安子猷并无二致。

一字不识多诗意

人有一字不识而多诗意，一偈不参而多禅意[①]，一勺不濡而多酒意，一石不晓而多画意，淡宕故也。

【注释】

①偈（jì）：梵语偈佗的简称。指佛经中的颂词，四句为一偈。

【品读】

诗意并不在字，禅意也并不在偈，正如酒意之不在酒，画意之不在石一样，那么，诗意、禅意、酒意、画意到底在哪里呢？就在我们的心中。

心性具有万千种意趣，故不识一字而参禅；不着一字而诗意风法。不穷究石片而晓绘画。读书、参禅、观物只是启发心性本具的意趣而已。

多少箴

《多少箴》,不知何人所作,其词云:少饮酒,多啜粥;多茹菜[1],少食肉;少开口,多闭目;多梳头,少洗浴;少群居,多独宿;多收书,少积玉;少取名,多忍辱;多行善,少干禄[2];便宜勿再往,好事不如无。

【注释】

①茹:吃。

②干禄:求取利禄。

【品读】

《多少箴》一系列训导全是养神养性之论,是培养圣贤人格的至理名言。表明古代知识分子在心性修养上到了深刻的地步,这些训导至今仍然是有价值的。

山居胜于城市

山居胜于城市,盖有八德:不责苛礼,不见生客,不混酒肉,不竞田宅,不问炎凉,不闹曲直,不征文逋[1],不谈仕籍。如反此者,是饭侩牛店[2],贩马驿也。

【注释】

①文逋(bū):文债。逋,拖欠。

②饭侩牛店:饲养、贩卖牛的场所。

【品读】

城市与乡村自然环境不同,相应的价值取向也不同,作者从上述八个方面叙述二者的差异,认为山居更有利于心性胜趣之养成。

雅有隐德

陶弘景借人书[①],随误改定。米襄阳借书画[②],亲为临摹题跋,印记装潢,往往乱真,后并以真赝本同送归之。虽游戏翰墨,而雅有隐德。

【注释】

①陶弘景:字通明,南朝人。齐高帝曾引为诸土侍读,后隐于句曲山,自号华阳隐居、华阳真逸。博览群书,善琴棋,工草隶,通天文,懂医术。梁武帝即位,每有大事,无不咨请,时人谓之“山中宰相”。

②米襄阳:北宋文学家、书画家米芾。初名黻,字元章,号鹿门居士、襄阳漫士、海岳外史。祖籍太原(今属山西),迁襄阳(今湖北襄阳),世称米襄阳。能诗文、擅书画、精鉴别,好收藏名迹。

【品读】

陶弘景借人书,随误改定;米襄阳借书画,以赝乱真,此真性情的流露,也反映了达者的雅趣。

山鸟庭蛙

山鸟每至五更,喧起五次,谓之报更。盖山中真率漏声也[①]。余忆曩[②]居小昆山下,时梅雨初霁,座客飞觞,适闻庭蛙,请以节饮。因题联云:“花枝送客蛙催鼓,竹籁喧林鸟报更。”可谓山史实录。

【注释】

①率(lǜ)漏声:天然计时声音。率,计算。漏,指漏壶等计时器。

②曩(nǎng):过去。

【品读】

作者用心聆听自然，流露一种闲适，若心不宁静旷达，不能至此。

以琴说法

东坡《琴诗》云："若言琴上有琴声，放在匣中何不鸣？若言声在指头上，何不于君指上听？"此一卷《楞严经》也[①]。东坡可谓以琴说法。

【注释】

①楞严经：佛经名，全称《大佛顶如来密因修证了义诸菩萨万行首楞严经》。

【品读】

此《楞严经》禅意，从闻性与声音入手穷究吾人心性。琴本无声，弹奏而有，吾人闻性随应赴感而得闻；然万籁俱寂时，吾人复闻静默，可见闻性不因有声无声而迁改，本是不生不灭。悟此闻性之不灭，可进悟心之不灭。

煎茶三昧

山谷赋苦笋云[①]："苦而有味，如忠谏之可活国；多而不害，如举士而能得贤。"可谓得擘笋三昧。"洶洶乎如涧松之发清吹，浩浩乎如春空之行门云。"可谓得煎茶三昧。

【注释】

①山谷：北宋诗人，书法家黄庭坚，字鲁直，号山谷道人、涪翁。

【品读】

古人忠直之思、节义之见彻里彻外，于一饮一啄中亦复放置此思，构成古代知识分子特有的“前见”。

空谷客至

寤言空谷，跫然客至[①]，方相与讨松桂[②]，湎云烟[③]，而负才之士，辄欲拈题阄韵[④]，豪咏苦吟。幽人当此，真如清流之著落叶，深林之沸鸣蝉也。所谓诗人不在，大家省得三五十首唱酬，亦非细事。

【注释】

①跫(qióng)然：脚步声。也可解释为听到客人来欢喜的样子。《庄子·徐无鬼》：“闻人足音跫然而喜矣。”

②讨：谈论。

③湎云烟：沉湎于自然风光。

④拈题阄韵：以抓阄的方式决定吟诗的题目和押的韵脚。

【品读】

可见得古人亦不欲时时吟咏，诗之一事虽或雅事，若复扰清心，亦不可耐。

随常而已

苏子由每云[①]：多疾病，则学道宜；多忧患，则学佛宜。以肉食无公卿福，以血食无圣贤德，然则何居而后可？曰：随常而已。

【注释】

①苏子由：北宋文学家苏辙，字子由。苏轼之弟。

【品读】

古人对于修持，也不注重形式，随份就宜，但得身心泰然，是第一要务。

万卷藏书

余每欲藏万卷异书，袭以异锦[1]，薰以异香，茅屋芦帘，纸窗土壁，而终身布衣，啸咏其中。客笑曰：此亦天壤一异人。

【注释】

①袭：加衣。这里指装裹。

【品读】

与书为伍，以书养志，在书中放怀情志，是古人最大乐事。

操中下法

洪崖跨白驴[1]，驴名积雪。其诗云："下调无人采，高心又被嗔，不知时俗意，教我若为人。"黄山谷自题象云："前身寒山子[2]，后身黄鲁直。颇遭时人恼，思欲入石壁。"余谓："有古语云：'上士闭心，中士闭口，下士闭门。'我操中下法，庶几免乎[3]？"

【注释】

①洪崖：传说中仙人名。

②寒山子：唐代诗僧，隐居天台寒岩（即翠屏山），因自号寒山子。

③庶几（jī）：也许可以。

【品读】

洪崖不为人知，黄山谷孤高自许，作者的选择是混同世俗而不失高洁，这是一种权宜之计，但也可解为明智的折中。

瓶花置案头

瓶花置案头，亦各有相宜者。梅芬傲雪，偏绕吟魂；杏蕊娇春，最怜妆镜；梨花带雨，青闺断肠；荷气临风，红颜露齿；海棠桃李，争艳绮席；牡丹芍药，乍迎歌扇；芳桂一枝，足开笑语；幽兰盈把，堪赠仳傿[1]。以此引类连情，境趣多合。

【注释】

①仳(pǐ)傿：分离。特指妇女被遗弃。

【品读】

百物万花皆有可宜，可培养多方面的情趣与诗意生活由此充实起来。

赏　　花

牡丹须著以翠楼金屋，玉砌雕廊，白鼻猧儿[1]，紫丝步障[2]，丹青团扇，绀绿鼎彝[3]，才子书素练以飞觞，美人拭红绡而度曲。不然，乃措大赏花耳[4]。

【注释】

①猧(wō)儿：小狗。

②步障：用以遮避风尘或障蔽内外的屏幕。

③绀(gàn)绿：青绿。鼎彝等古文物因铜锈斑斑，因而呈绀绿色。绀，天青色，深青透红之色。

④措大：贫寒失意的读书人。牡丹素有“富贵花”“花王”之称，作者认为不具备一定的物质条件，即是“措大赏花”。

【品读】

不同的花有不同的品位，因其品位而设宜，正赏花之妙。人世亦然。

古隐者多躬耕

古隐者多躬耕，余筋骨薄，一不能；多弋钓，余禁杀，二不能；多有二顷田，八百桑，余贫瘠，三不能；多酌水带索，余不耐苦饥，四不能。乃可能者，唯嘿处淡饭著述而已①。然著述家，切弗批驳先贤。但当拈己之是，不必证人之非。

【注释】

①嘿（mò）处：寂然独处。

【品读】

此缕叙自己的四种不能，表明贫困之态，而著述家不可论人非，正透露当时文人的精神困境。

有儿事足

有儿事足，一把茅遮屋。若使薄田耕不熟，添个新生黄犊。

闲来也教儿孙，读书不为功名。种竹浇花酿酒，世家闭户先生。右调《清平乐》①，余醉中书付儿曹，以为家券。

【注释】

①《清平乐》：词牌名。又名《忆岁月》《醉东风》，分上下两片，上片四仄韵，下片三平韵。

【品读】

至高之人往往不重形式，若能取地制宜，安于清贫，因贫养道，达到内心的充实，也是一种饱满的生活状态。

东坡投荒时

东坡投荒时[①]，答程天侔云："此间食无肉，病无药，居无室，出无友，冬无炭，夏无寒泉，大率皆无耳。"余拥山居，公所无者尽有之。不省何德而享此，唯日拈一瓣香[②]，向古佛忏罪耳。

【注释】

①荒：贬谪、流放至边荒之地。

②一瓣香：即一炷香，焚香表示诚敬的意思。

【品读】

东坡之无却为作者所有，作者以惶恐与感恩的心态描述自己的生活，正足为后人所效法。

终日如昼

小儿发愿云：愿明月长圆，终日如昼。余曰：善哉！虽然，使人终无息肩期矣[①]！于邺诗不云乎[②]：白日若不落，红尘应更深。

【注释】

①息肩：卸去负担。

②于邺：唐诗人，工五言诗。

【品读】

人们利用白天是为了更好的生活，但古人解为恐怕要有更多的劳困和恶业，这种对生活的理解折射的是内心的纤弱与外在的重压。

荣辱常随骑马人

宣和时[1]，酒店壁间有诗云：是非不到钓鱼处[2]，荣辱常随骑马人[3]。

【注释】

①宣和：宋徽宗（赵佶）年号。

②钓鱼处：指远离尘嚣的地方。

③骑马人：为名利而奔忙之人。

【品读】

此反映古人对于人性与社会的洞察。一切是非往往是在人与人的摩擦中发生，一切荣辱往往是在功名的追逐中发生，抛开一切争斗与功名之想，恬然退守，自有一份安宁。

学我者拙

李北海书[1]，当时便多法之。北海笑云：学我者拙，似我者死[2]。

【注释】

①李北海：李邕（yōng），字泰和，唐代著名书法家。曾任汲郡北海太守，世称“李北海”。

②似我者死：指一味模仿，没有自己的风格。

【品读】

书画重在创新，挥洒出自己的个性，若一味模仿，恰类邯郸学步，不特无法达到极致，连自己的个性也丧失。

人不可一日不读书

黄山谷常云：士大夫三日不读书，自觉语言无味，对镜亦面目可憎。米元章亦云：一日不读书，便觉思涩。想古人未尝片时废书也。

【品读】

读书是提升自己精神品位的最有效法门，因读书改变内在品质，甚至改变外在形象，古人对此有深刻的认知。

四时之景

四时之景，莫如初夏。余尝夜饮归，作增字《浣溪纱》云[①]：梓树花香月半明，棹歌归去蟪蛄鸣。曲曲柳弯茅屋矮，挂鱼罾[②]。笑指吾庐何处是，一池荷叶小桥横，灯火纸窗修竹里，读书声。

【注释】

①增字《浣溪纱》：即《山在子》《摊破浣溪纱》。词牌《浣溪纱》分上下两片，共四十二字，《摊破浣溪纱》则在上下片中各增三字。

②罾（zēng）：鱼网。

【品读】

作者以词的形式描述自己生活的满足感，从对外在环境的描绘吾人体验到的内心的自在与充实。

乐天知命

陆平翁《燕居日课》云："以书史为园林，以歌咏为鼓吹，以理义为膏粱，以著述为文绣，以诵读为菑畲[①]，以记问为居积，以前言往行为师友，以忠信笃敬为修持，以作善降祥为因果，以乐天知命为西方。"

【注释】

①菑畲（zī yú）：耕耘。垦种一年之田称菑，垦种三年之田称畲。

【品读】

以书史为园林，赏人间美景；以歌咏为鼓吹，发我心志；以理义为膏粱，养我魂灵；以著述为文绣，锦绣以修饰；以诵读为苗畲，兹我心田；以记问为居积，以涨财富；以前言往行为师友，不断进取；以忠信笃敬为修持，以润吾身；以作善降祥为因果，遵循规律；以乐天知命为西方，得大自在。

一生常苦心

韩退之诗云[①]："居间食不足，从官力难任。两事皆害性，一生常苦心。"子瞻诗云："家居妻儿号，出仕猿鹤怨。未能逐十一[②]，安敢抟九万[③]。"二公犹不免徘徊于进退之间。其后退之迷雪于衡山[④]，子瞻望日于儋海[⑤]，回视阖尸拥衾，箪瓢藜藿[⑥]，不在天上乎？故《考槃》诗云[⑦]："独寐寤言，永矢弗谖[⑧]。"

【注释】

①韩退之：唐代文学家韩愈，字退之。

②十一：十分之一，指治产业、力工商、追逐十一之利。

③抟（tuán）九万：语本《庄子·逍遥游》："鹏之徙于南冥也，水击三千里，抟扶摇而上者九万里。"抟，环绕。扶摇，旋风。

④退之迷雪于衡山：韩愈曾因批评朝政，谏迎佛骨，先后被贬为阳山（在今广东）令、潮州刺史，两处贬所都在南方，赴贬所的时间都在冬天。

⑤子瞻望日于儋海：苏轼一生多次被贬谪。哲宗绍圣年间，他

被章惇迫害，贬到儋州（今属海南）。

⑥箪瓢藜藿：指简单粗粝的饭食。藜，一年生草木植物，嫩叶可食。藿，豆叶。

⑦《考槃》：《诗经》篇名。内容是赞美隐居山林的贤士。

⑧独寐寤言，永矢弗谖（xuān）：独睡独醒独语，永不欺诈。矢，通“誓”。谖，欺诈。

【品读】

恬然独处的生活从诗经时代就受到推崇。观苏东坡一生数次被贬，韩昌黎力荐被斥，逐利者十不获一，作者深感独居的清净自由。

雪景莫若山

雪景莫若山，山雪莫若月下。余尝目击而赋四言诗云：“夜启岩牖，淡而无风，月值松际，鸡鸣雪中。”盖实景也。

【品读】

岩居穴处，闻松风，听鸡鸣，赏雪景，自有一种独我自知的大自在。

箕踞于斑竹林

箕踞于斑竹林中[①]，徙倚于青石几上，所有道笈梵书[②]，或校雠四五字，或参讽一两章。茶不甚精，壶也不燥；香不甚良，灰也不死；短琴太曲而有弦，长讴无腔而有音；激气发于林樾[③]，好风送之水涯；若非羲皇以上[④]，亦定嵇阮兄弟之间[⑤]。

【注释】

①箕踞：伸足如箕状而坐。用以指傲慢不敬或洒脱不羁的情态。

②道笈梵书：道家和佛教的书籍。

③林樾(yuè)：林荫。

④羲皇以上：太古时代的人。

⑤嵇阮：三国魏文学家嵇康、阮籍。二人与刘伶等七人游于竹林，称“竹林七贤”。

【品读】

此作者独居生活的写状。与书为友，与茶为伴，或讽诵，或校雠，目送归鸿，手挥五弦，听风激气，自有独得之乐。

尝玩钱字旁

李之彦云[①]：“尝玩钱字旁，上著一戈字，下著一戈字[②]，真杀人之物而人不悟也。”然则两戈争贝，岂非贱乎！

【注释】

①李之彦：号东谷，宋永嘉(今浙江温州)人，浪游湖海五十年。著《东谷所见》，皆愤世嫉俗之语。

②上著一戈字，下著一戈字：钱的繁体字含两“戈”字。戈，兵器也。

【品读】

此古人对财富的认识，颇为鄙贱。是工商业受到专制政体压抑的心理反映。故安于贫寒原有制度原因。

名妓翻经

名妓翻经，老僧醉酒，将军翔文章之府，书主践戎马之场，虽乏本色，故自有致。

【品读】

做人做事不可过于囿于本分与界限。若能跨越，或有一种别致。

述古人佳言行

着棋不若抄书。谈人过，不若述古人佳言行。

【品读】

着棋是闲时的消遣，抄书是经卷的回访。述古人之佳言，胜过谈论人非。此古人寡过之道。

读史要耐讹字

读史要耐讹字，正如登山耐歹路，踏雪耐危桥，闲居耐俗汉，看花耐恶酒，此方得力。

【品读】

读书与生活各有不如意处，但这正是吾人修持韧性之时，能如此，功夫自由提升之时。

僧要真

僧要真，不要高。

【品读】

名僧不如明僧，明僧明心见性，处处看破机关，名僧或虚有其名，出家人高蹈处正在于摒去虚名而直达本真。

真水无香

洞庭张山人云：山顶泉，轻而清：山下泉；清而重，石中泉，清而甘；沙中泉，清而冽；土中泉，清而厚。流动者长于安静，负阴者胜于向阳。山削者泉寡，山秀者有神。真源无味，真水无香。

【品读】

水有诸种形态与性质，古人对此一一了然，若无清净之心，当不至此。“真水无香”，至道之言。

吾乡荇菜

“吾乡荇菜[①]，烂煮之，其味如蜜，名曰荇酥。郡志不载，遂为渔人野夫所食。”此见于《农田余话》。俟秋明水清时，载菊泛泖[②]，脍鲈捣橙，并试前法，同与莼丝荐酒。

【注释】

①荇菜：水生植物，又名接余。多生长于湖塘中，嫩时可供食用。

②泖（mǎo）：湖塘。

【品读】

作者对生活的体认极为微细，郡志所不载的荇菜其味之美不为人知，而作者为其立传。这是一种生活态度与心态的流露。

耻独为君子

余山中，徐德夫送一鹤至，已受所，张公复送一鹤配之，每欲作诗咏其事，偶读皇甫湜《鹤处鸡群赋》[①]，遂为搁笔。其中有句云：同李陵之入胡，满目异类[②]；似屈原之在楚，众人皆醉[③]。惨淡无色，低回不平。每戒比之匪人，常耻独为君子。

【注释】

①皇甫湜（shí）：唐文学家。字提正。仕至工部郎中。与李翱、张

藉齐名。性狂放，时人称为“不羁之才”。著有文集三卷。

②李陵：字少卿。汉名将李广之孙。天汉二年（前99）率步兵五千击匈奴，战败投降。

③众人皆醉：《楚辞·渔父》：“举世皆浊我独清，众人皆醉我独醒，是以见放。”

【品读】

鹤立鸡群，如高人处俗群中，有两种结果：一者孤独；二者为众人所非。故圣人和光同尘。

新知与新恩

与其结新知，不若敦旧好[①]。与其施新恩，不若还旧债。

【注释】

①敦旧好：厚待老朋友。

【品读】

此作者处世之道，亦为经验之谈。若不还债而施恩，仍是欠缺。

三月茶笋初肥

三月茶笋初肥[①]，梅花未困[②]，九月莼鲈正美[③]，秫酒新香[④]。胜客晴窗[⑤]，出古人法书名画，焚香评赏，无过此事。门尘包鸣甫云：“淳化帖[⑥]，苍颉字[⑦]，尚带卦体。”此言得字之本。

【注释】

①茶笋：茶芽。

②困：精力不济。此处指败落。

③莼鲈：莼菜、鲈鱼。

④秫（shú）酒：高粱酒。秫，高粱之黏者。

⑤胜客：佳客、有名望的客人。

⑥淳化帖:《淳化秘阁法帖》之简称。北宋淳化三年(992)太宗赵光义出秘阁所藏历代法帖,命侍书学士王著编次,共十卷,摹刻在枣木板上,拓赐大臣。虽然有伪迹混入,但古人法书,赖此以存,后遂以为"法帖之祖"。

⑦苍颉字:当作"苍颉篇"。《苍颉篇》乃李斯所作古字书名。苍颉,亦作"仓颉",相传为始创汉字者。

【品读】

品茶、观书、临帖是略有精神含蕴的古代士子念念不忘的生活追求。

住山须一小舟

住山须一小舟,朱栏碧幄,明棂短帆,舟中杂置图史鼎彝,酒浆荈脯[①]。近则峰泖而止,远则北至京口,南至钱塘而止。风利道便,移访故人,有见留者,不妨一夜话、十日饮。遇佳山水处,或高僧野人之庐,竹树蒙茸[②],草花映带,幅巾杖履,相对夷然[③]。至于风光淡爽,水月空清,铁笛一声,素鸥欲舞。斯也避喧谢客之一策也。

【注释】

①荈(chuǎn):晚采的茶。

②蒙茸:茂盛貌。

③夷然:愉悦貌。

【品读】

此游访之胜。兰舟、桂浆、酒浆、鼎彝是必具之物,不然不足以显文人之胜。外则招饮、夜话、爽风、铁笛。具此数物,此游赏之极也。

不言人事非

邵尧夫云[①]：但看花开落，不言人事非。

【注释】

①邵尧夫：宋理学家邵雍，字尧夫，自号安乐先生，赐谥康节。

【品读】

闲居以不论人非为胜，但观花开花落，心中自有一片生机，此理学家的心性论。古代士子多守宋明理学的影响。

西山之胜

王辰玉《香山记》云[①]：大约西山之胜，仿佛武林之西湖，透迤不如，而蒨润或过之。因与二三了作妄想，若斩荻芦，开陂隰[②]，以尽田荷花[③]，至山膝而止，使十五小儿，锦衣画舸，唱江南采莲词，出没于白鸥碧浪之间。所在室庐，必竹门板扉，与金碧相间出。而后结远道人[④]，为香山社主；乞青莲居士[⑤]，为玉泉酒家翁。吾老此可矣。

【注释】

①王辰玉：即明文学家王衡。字辰玉，号缑山，别署衡芜室主人。江苏太仓人。官翰林院编修，著有《缑山集》《纪游稿》《归田词》、杂剧《没奈何》《真傀儡》《郁轮袍》《再生缘》等。香山：在北京西郊，为西山山岭之一。

②陂隰(bēi xí)：池塘、水田。

③田(diàn)：耕种。

④远道人：东晋名僧慧远。太元九年入庐山，居东林寺，与宗炳等人结白莲社。净土宗推尊为初祖。道人，六朝时僧人的别称。

⑤青莲居士：唐大诗人李白自称青莲居士，在《答湖州迦叶司马问白是何人》诗中曾云："青莲居上谪仙人，酒肆藏名三十春。"

【品读】

此作者对田园生活的细致想象，代表了古代士大夫的生活理想，湖泊、山林、采莲、小儿、美酒，这些物质条件是诗意生活的必备条件。

诗意可求不可常

古云鹤笠鹭蓑，鹿裘鹊冠，鱼枕杯①，猿臂笛②，与夫画图之屋庐，诗意之山水，皆可遇而不可求，即可求而不可常。余唯纸窗竹屋，夏葛冬裘，饭后黑甜，日中白醉。

【注释】

①枕杯：鱼头骨做成的酒杯。

②猿臂笛：猿臂骨做成的笛子。段成式《酉阳杂俎》："有人以猿臂骨为笛，吹之，其声清圆，胜十丝竹。"

【品读】

作者诗意生活的想象不太稳定，或农家、或佛家，此中想象又有道教色彩，大约道教思想对古代知识分子的影响也较大。

余尝过山邻

余尝过一山邻，而老嗜花，红紫映户，弄孙负日，使人不复知有城居车马之闹，况京都滚滚红尘邪？余赠以诗云：有个小门松下开，堂前名药绕畦栽①。老翁抱孙不抱瓮②，恰欲灌花山雨来。

【注释】

①名药:名贵的芍药。这里泛指花卉。

②抱瓮:指汲水灌溉。多用以喻淳朴的生活。

【品读】

对田居生活充满亲情的赞许正是作者向往已久的心态的折射。

焚香倚枕

焚香倚枕,人事都尽,梦境未来,仆于此时,可名卧隐,便觉凿坯住山为烦①。

【注释】

①凿坯:在山上挖窑洞。坯(pī):土丘。

【品读】

相比于开山入住,作者更推崇不出闹市而保持内心的清净,此种心理上的境界之获得并不需多少物质的付出。

余得古书

余得古书,校过付抄,抄后复校,校过复刻,刻后复校,校过即印,印后复校,然鲁鱼帝虎百有二三①。夫眼眼相对尚然,况以耳传耳,其是非毁誉,宁有真乎?

【注释】

①鲁鱼帝虎:指文字传抄因形近而产生的讹误。《抱朴子·遐览》:"故谚曰:书三写,鱼成鲁,虚成虎。"马总《意林》引虚作"帝"。

【品读】

抄刻书籍极为复杂。此中繁难唯亲历者自知,鲁鱼帝虎,淆讹百出,智力游戏变成毫无趣味的体力活。

秋日之妙

世人但爱秋月，而不知秋日之妙，白云碧汉，大胜平时，桂落庭闲，乃契斯语[①]。

【注释】

①契：符合。

【品读】

此作者独得之悟，作者不同于一般文人但爱秋月，而爱秋日之闲，以此入诗，必有佳作。

诗传画外意

东坡有诗曰："论画以形似，见与儿童邻，作诗必此诗，定此非诗人。"余曰：此元画也。晁以道诗云[①]："画写物外形，要物形不改。诗传画外意，贵有画中态。"余曰：此宋画也。

【注释】

①晁以道：即晁说之。字以道，一字伯似，自号景迂生。济州巨野（在今山东）人。宋神宗元丰五年（1082）进士，历官著作郎，东宫詹事、徽猷阁待制。博学能诗，善画山水。

【品读】

作者因诗见画，因画见诗，诗画会通，是古时诗画一体观的遗留，更可见文化传承的影响。

此亦娱老

不能卜居名山，即于岗阜回复及林水幽翳处辟地数亩[①]，筑室数楹，插槿作篱，编茅为亭，以一亩荫竹树，一亩栽花果，二亩种瓜菜，四壁清旷，空诸所有，畜山童灌园薙草[2]，置二三胡床，著林下，挟书砚以伴孤寂，携琴弈以迟良友[3]，凌晨杖策[4]，抵暮言旋[5]。此亦可以娱老矣。

【注释】

①幽翳(yì)：此处指林木成荫、环境清幽。

②薙(tì)草：除草。

③迟(zhì)：等待。

④策：手杖。

⑤言：助词，无意义。旋：返回。

【品读】

此作者对晚年生活的想象，大抵有山有水有三童，有田有竹有瓜果，仗策弈棋话田居，就是美满的晚年。

余为山林人

东坡《乙帖》云："仆行年五十始知作活，大要是悭耳。而文以美名[1]，谓之俭素，然吾侪为之[2]，则不类俗人。"真可谓淡而有味者。《诗》云："不戢不难，受福不那[3]。"口体之欲，何穷之有，每加节俭，亦是惜福延寿之道，仕京师宜用此策也。余以为山林人，此策尤不可少。

【注释】

①文：文饰。

②吾侪(chái)：吾辈。

③不戢不难，受福不那：语出《诗经·小雅·桑扈》。意思是说：岂不收敛乎？岂不谨慎乎？其受福岂不多乎？(此说据《集传》)

【品读】

文人居官，山老居林，大抵以节俭为第一要务，此非特惜物，亦惜福延寿之道。

莫言婚嫁早

莫言婚嫁早，婚嫁后，事不少；莫言僧道好，僧道后，心不了。唯有知足人，鼾鼾直到晓；唯有偷闲人，憨憨直到老。

【品读】

学会知足才可了生死之虑。禅宗的教育很简单，就叫“安在当下”，这就是解脱之道。

幽梦影

张　潮（清）

张潮(1650—？)，字山来，号心斋。安徽歙县人。其父曾任明朝地方大吏。张潮与清初著名文人孔尚任、冒辟疆、陈维崧都有交游。曾任过翰林孔目。康熙三十八年(1699)，因一项政治案件牵累而入狱，旋即释放。他撰著甚多，除《幽梦影》外，还著有《心斋诗集》《花影词》《花鸟春秋》《酒律》《奚卦》，此外，还编过《昭代从书》《檀几丛书》《虞初新志》。

本书收入《幽梦影》时有个别删略。

读经与读史

读经宜冬①，其神专也；读史宜夏②，其时久也；读诸子宜秋③，其致别也；读诸集宜春④，其机畅也。

曹秋岳曰：可想见其南面百城时⑤。庞笔奴曰：读《幽梦影》，则春夏秋冬，无时不宜。

【注释】

①经：指《诗经》《尚书》《礼记》《仪礼》《周礼》《春秋》《论语》《孝经》等儒家经传，是研究我国古代历史和儒家学术思想的重要资料。按照我国旧时的图书分类法，所有的图书分为四类，即经、史、子、集，称为四部，经为其中之一部。

②史：指古时图书四部分类法的一类书，包括各种历史书，也包括地理书。

③子：指古时图书四部分类法的一类书，六经之外，著书立说成一家言的统属子部。如儒家、释家、道家、兵家、小说家等。

④集：指古时图书四部分类法的一类书，包括诗、文、词、赋等。

⑤南面百城：南面指地位崇高，古代以面朝南方为尊位，君主临朝南面而坐；百城指地域广大。旧时用来比喻统治者的尊荣富有。《魏书·逸士传·李谧》："每曰：'丈夫拥书万卷，何假南面百城？'"

【品读】

此《幽梦影》之开篇，论经史子集的品读时段所分别适应的冬夏春秋四季，最后无比自豪的提论自己的《幽梦影》四时皆适，不下于君临天下、南面而王的帝王，此虽有自夸之嫌，但作者试图在阅读与创作中寄托性灵的旨趣跃然、显然。

《幽梦影》写成之后，曾在其好友中传阅，友人各有评点，即使有不同意见，后付梓时，张潮也一例保留，故读者看到了针对每一观点认同与否的争议，形成一种多声部合奏，正如文学沙龙一般，也让我们了解彼时知识分子的价值观其实相当多元。《幽梦影》是一本妙书，张潮与好友的唱和像如今的"微博体"。张潮及其粉丝们名士风流，才华横溢，逼格盖世。读之让人会心适意，齿颊留香。

坐读与共读

经传宜独坐读，史鉴宜与友共读。

孙恺似曰：深得此中真趣，固难为不知者道。

王景州曰：如无好友，即红友亦可[①]。

【注释】

①红友：酒的别称。宋罗大经在《鹤林玉露》中说："常州宜兴县黄

土村，东坡（苏轼）南迁北归，尝与单秀才步田罕其地。地主携酒来饷，曰：'此红友也。'"古人以酒红则浊，白则清，故称薄酒为红友。

【品读】

读书是灵魂与文本的交流，关涉到性灵的成长，但成长的方式有异，此中论及读经传和史鉴的不同心态，是作者的独得之秘。经传涉及宇宙人生的根本原理，是扶正灵魂一往夏正的精神指导，宜独密品读，自我体验；史鉴事关对不同历史人物和事件的差异性观照视角，最宜在碰撞中提升，故"宜与友共读"，以兼收并蓄友人的观念，使灵魂的成长更茁壮。然此中真趣，如何向人讲明白？故作者认为，万一无人可道，不妨薄酒一盅，自我陶醉可也。

无善无恶是圣人

无善无恶是圣人（如帝力何有于我[①]；杀之而不怨，利之而不庸[②]；以直报怨，以德报德[③]；一介不与，一介不取之类[④]），善多恶少是贤者（如颜子不贰过[⑤]，有不善未尝不知，子路人告有过则喜之类[⑥]），善少恶多是庸人，有恶无善是小人（其偶为善处，亦必有所为），有善无恶是仙佛（其所为善，亦非吾儒之所谓善也）。

黄九烟曰：今人一介不与者甚多，普天之下，皆半边圣人也。利之不庸者，亦复不少。

江含徵曰：先恶后善，是回头人；先善后恶，是两截人。

殷日戒曰：貌善而心恶者，是奸人，亦当分别。

冒青若曰：昔人云：善可为而不可为。唐解元诗云[⑦]："善亦懒为何况恶"，当于有无多少中更进一层。

【注释】

①帝力何有于我：语出古歌《击壤歌》："吾日出而作，日入而息。凿井而饮，耕田而食；帝力何有于我哉！"谓帝王的作用影响不到。

②杀之而不怨，利之而不庸：语出《孟子·尽心上》："杀之而不怨，利之而不庸，民日迁善而不知为之者。"庸，酬功之意。

③以直报怨，以德报德：语出《论语·宪问》："何以报德？以直报怨，以德报德。"意谓以正直回答怨恨，以恩惠酬报恩惠。

④一介不与，一介不取：《孟子·万章上》："一介不以与人，一介不以取诸人。"意谓一点好处也不给予别人，一点好处也不从别人那里取得。

⑤颜子不贰过：《论语·雍也》："有颜回者好学，不迁怒，不贰过。"颜子，指孔子的学生颜回。不贰过，不犯同样的过失。

⑥子路人告有过则喜：《孟子·公孙丑上》："子路，人告之以有过，则喜。"谓听到别人指出自己的错误就高兴。子路，孔子的学生。

⑦唐解元：指唐寅，明画家、文学家。字伯虎，号六如居士。性不羁，育才华。弘治中举乡试第一，世称唐解元。

【品读】

人品与道德的追求是古人终生行持、念兹在兹的核心理念，故对善行与恶行关乎道德层次之划分可谓精细之极，其中引用不同时人的论善恶之语以及圣、贤、庸、小四种人格层次的分判至今仍有思想价值。而张潮认为，仙佛之善"亦非吾儒之所谓善也"表明他已意识到儒释道三种文化体系之间的差异，较之今时有人动辄拿《弟子规》代替佛法，其认知水准何啻天渊！

天下知己

天下有一人知己，可以不恨。不独人也，物亦有之。如菊以渊明为知己①，梅以和靖为知己②，竹以子猷为知己③，莲以濂溪为知己④，桃以避秦人为知己⑤，杏以董奉为知己⑥，石以米颠为知己[7]，荔枝以太真为知己[8]，茶以卢仝、陆羽为知己[9]，香草以灵钧为知己[10]，莼鲈以季鹰为知己[11]，蕉以怀素为知己[12]，瓜以邵平为知己[13]，鸡以处宗为知己[14]，鹅以右军为知己[15]，鼓以祢衡为知己[16]，琵琶以明妃为知己[17]。一与之订，千秋不移。若松之于秦始[18]，鹤之于卫懿[19]。正所谓不可与作缘者也。

查二瞻曰：此非松鹤有求于秦始、卫懿，不幸为其所近，欲避之而不能耳。

殷日戒曰：二君究非知松鹤者，然亦无损其为松鹤。

周星远曰：鹤于卫懿，犹当感恩，致吕政[20]五大夫之爵，直是唐突十八公耳[21]。

王名友曰：松遇封，鹤乘轩，还是知己，世间尚有劚松煮鹤者[22]，此又秦、卫之罪人也。

张竹坡曰：人中无知己，而下求于物，是物幸而人不幸矣。物不遇知己，而滥用于人，是人快而物不快矣。可见知己之难，知其难，方能知其乐。

【注释】

①菊以渊明为知己：取意于晋陶渊明诗句："采菊东篱下，悠然见南山。"

②梅以和靖为知己：宋林逋，宁君复，隐居杭州西湖孤山，植梅养鹤，人称梅妻鹤子。死后宋仁宗谥"和靖先生"。

③竹以子猷为知己：晋王徽之，字子猷，爱竹，曾称"何可一日无此君"。详见《世说新语·任诞》。

④莲以濂溪为知己：宋周敦颐居濂溪，人称濂溪先生，所作《爱莲说》一文称莲"出淤泥而不染"。

⑤桃以避秦人为知己：晋陶渊明《桃花源记》载，生活在桃花源中的人称其"先世避秦时乱，率妻子邑人来此绝境，不复出焉，遂与外人间隔"。

⑥杏以董奉为知己：三国吴董奉善医，居庐山，为人治病不收钱，重病得愈者种杏树五棵，轻病者一棵，日久成杏林。

⑦石以米颠为知己：宋米芾，号米颠，曾对奇石下拜，呼石为兄。

⑧荔枝以太真为知己：唐杨太真，小名玉环，太真乃其道号，喜食荔枝。杜牧《过华清宫绝句》云："一骑红尘妃子笑，无人知是荔枝来。"

⑨茶以卢仝、陆羽为知己：唐卢仝作有《茶歌》；唐陆羽曾撰《茶经》三卷。

⑩香草以灵钧为知己：屈原字灵钧，所作《离骚》以香草比喻君子，美人比喻君王。

⑪莼鲈以季鹰为知己：晋张翰，字季鹰，为避祸，乃托辞见秋风起，思念故乡菰菜、莼羹和鲈龟脍，弃官而归。

⑫蕉以怀素为知己：怀素，俗姓钱，字藏真，唐代名僧，长沙人，工书，尤善狂草，学书贫无纸，乃种邑蕉万余株，取叶练字。

⑬瓜以邵平为知己：汉邵平，本为秦东陵侯，秦亡，种瓜于长安青门附近，人称乐陵瓜、邵平瓜。

⑭鸡以处宗为知己：《艺文类聚·幽明录》："晋兖州刺史沛国宋处宗尝买得一长鸣鸡，爱养甚至，恒笼著窗间，鸡遂作人语，与处宗谈论极有言智，终日不辍。"

⑮鹅以右军为知己：晋王羲之，官至右军将军、会稽内史，习称王右军，其书法为世所重，性爱鹅，为山阴道士写《道德经》，取其鹅以为润笔。

⑯鼓以祢衡为知己：《世说新语·言语》："祢衡被魏武（曹操）谪为鼓吏，正月半试鼓，衡扬枹为《渔阳参挝》，渊渊有金石声，四坐为之改容。"祢衡，字正平。有辩才，气刚傲物。先后至曹操、刘表、黄祖处，皆不为所容，后被黄祖杀害。

⑰琵琶以明妃为知己：汉王嫱，字昭君，晋人避司马昭讳，改称明君，后人又称明妃。元帝时以昭君赐匈奴呼韩邪单于为阏氏，昭君怀抱琵琶出塞。

⑱松之于秦始：《史记·秦始皇本纪》载，秦始皇登泰山，风雨暴至，避于松下，因封此松为五大夫，后人以五大夫称松。

⑲鹤之于卫懿:《左传·闵公二年》载,卫懿公好鹤,所养之鹤有大夫的俸禄及乘车。

⑳吕政:秦始皇名嬴政,传说他是吕不韦之子,故称吕政。

㉑十八公:将松字析为十八公三字,因称松为十八公。

㉒斸(zhǔ):砍。

【品读】

万物皆是有灵性的,于是他们也就作为人的知己而存在着。此文论及人世知己之难求,乃求知于物,在自然之物上寻求某种精神的凝聚,从而将自然之物化作某种人格或生活情趣的符号,是庄子以来固有的精神理路,中国古来知识分子很好地承袭了这一致思传统,乃使我们的哲学与文学文本中发生了诸多特有的精神意象。

菩萨心肠

为月忧云,为书忧蠹,为花忧风雨,为才子佳人忧命薄,真是菩萨心肠。

余淡心曰:洵如君言,亦安有乐时耶?

孙松坪曰:所谓君子有终身之忧者耶。

黄交三曰:“为才子佳人忧命薄”一语,真令人泪湿青衫[①]。

张竹坡曰:第四忧,恐命薄者消受不起。

江含徵曰:我读此书时,不免为蟹忧雾。

竹坡又曰:江子此言,直是为自己忧蟹耳。

尤悔庵曰:杞人忧天,嫠妇忧国[②],无乃类是。

【注释】

①泪湿青衫:语出白居易《琵琶行》:“座中泣下谁最多,江州司马青衫湿。”青衫,唐制文官八品、九品穿青色衣服。

②嫠(lí)妇忧国:语出《左传·昭公二十四年》:“嫠不恤其纬,而

忧宗周之陨，为将及焉。”意思是说寡妇不顾虑自己织的布，而担心国家的灭亡将祸及己身。嫠妇，寡妇。

【品读】

此语境界极高，写出了菩萨的情怀：为天下苍生同一深忧，希望将众生置于幸福彼岸。后引不同时人之辩，表明菩萨之忧不为时人所解，菩萨深处孤独之中。所以人生不如意事，十之八九，纵使有菩萨的心肠，却难有菩萨的超然。

人不可以无癖

花不可以无蝶，山不可以无泉，石不可以无苔，水不可以无藻，乔木不可以无藤萝，人不可以无癖[①]。

黄石闾曰：事到可传皆具癖，正谓此耳。

孙松坪曰：和长舆却未许藉口[②]。

【注释】

①人不可以无癖：张岱《陶庵梦忆》：“人无癖不可与交，以其无深情也。”

②和长舆却未许藉口：晋和峤，字长舆，十分富有，却很吝啬，人谓其有钱癖。见《晋书·和峤传》。

【品读】

人有千殊，“癖”有万类，“癖”折射的正是人的深情与孤介，但在所有的癖中，作者独不推许和峤的钱癖，其价值取向跃然而出。

春听鸟声

春听鸟声，夏听蝉声，秋听虫声，冬听雪声，白昼听棋声，月下听箫声，山中听松声，水际听欸乃声[①]，方不虚此生耳。若恶少斥辱，悍妻诟谇，真不若耳聋也。

黄仙裳曰：此诸种声颇易得，在人能领略耳。

朱菊山曰：山老所居，乃城市山林，故其言如此。若我辈日在广陵械市中[②]，求一鸟声，不啻如凤皇之鸣，顾可易言耶。

释中洲曰：昔文殊选二十五位圆通[③]，以普门耳根为第一[④]，今心斋居士耳根不减普门，吾他日选圆通，自当以心斋为第一矣。

张竹坡曰：久客者，欲听儿辈读书声，了不可得。

张迂庵曰：可见对恶少悍妇，尚不若日与禽虫周旋也。又曰：读此方知先生耳聋之妙。

【注释】

①欸(ǎi)乃：行船摇橹之声，以指船歌、渔歌。唐柳宗元《渔翁》："烟销日出不见人，欸乃一声山水绿。"

②广陵：扬州旧称。

③文殊：菩萨名，梵文音译的简称。圆通：佛教语，《楞严经》："六根圆通，明照无二。"圆，不偏倚；通，无阻碍。

④普门：指佛法周遍融通，可使人得无上解脱。耳根，佛教谓耳为听根，六根之一。

【品读】

声音的美，要结合环境才能体现。声音能衬托意境，也需要环境和情思来烘托，日本诗人松尾芭蕉的那句"古池塘，青蛙跃入，水声响"。言简却意境幽远。文中提到的各种声音，要处静美的环境，同时还需有听者悠然的心境。

邀友亦有别

上元须酌豪友，端午须酌丽友，七夕须酌韵友，中秋须酌淡友[①]，重九须酌逸友。

朱菊山曰：我于诸友中，当何所属耶？

王武征曰：君当在豪与韵之间耳。

王名友曰：维扬丽友多，豪友少，韵友更少，至于淡友，逸友，则销迹矣。

张竹坡曰：诸友易得，发心酌之者为难能耳。

顾天石曰：除夕须酌不得意之友。

徐砚谷曰：惟我则无时不可酌耳。

尤谨庸曰：上元酌灯，端午酌彩丝，七夕酌双星，中秋酌月，重九酌菊，则吾友俱备矣。

【注释】

①淡友：指不以势利关系结成的朋友。《庄子·山木》："君子之交淡若水。"

【品读】

此段文字讨论在不同节气与不同酒友酌酒之妙，将豪友、丽友、韵友等分配于不同节气，以表明作者领悟到的每一节气的意义。不同的节气饮酒，要选择不同的朋友，这样才会有不一样的心境。上元节是一年中的开始，如果与一味豪迈、胸襟开阔的朋友对饮，就可以受到他们的感染，开始新生活。端午节向来被认为是纪念英雄献身的精神节日，在这一天选择漂亮潇洒的朋友饮酒。七夕节则选择韵友可以吟诗酌酒，其乐融融。中秋之际，选择淡泊名利的友人对饮，沉浸在欢乐中，这样最好。重阳之日远离凡尘，和隐士登高远望，是最好的选择。

金鱼紫燕　物类神仙

鳞虫中金鱼，羽虫中紫燕，可云物类神仙，正如东方曼倩避世金马门[①]，人不得而害之。

江含徵曰：金鱼之所以免汤镬者，以其色胜而味苦耳。昔人有以重价觅奇特者，以馈邑侯，邑侯他日谓之曰：贤所赠花鱼殊无味。盖已烹之矣。世岂少削圆方竹杖者哉[②]。

【注释】

①东方曼倩：汉东方朔，字曼倩。武帝时为太中大夫。尝做歌曰："陆沉于俗，避世金马门。宫殿中可以避世全身，何必深山之中，蒿庐之下。"金马门：汉武帝时宦官的署门，门旁有铜马，故名。

②方竹：竹之一种，节茎呈四棱形。唐冯翊子《桂苑丛谈》载，相传唐李德裕尝以方竹杖赠甘露寺老僧，老僧竟削圆而漆之。后作为庸俗不解事之诮。

【品读】

水中的金鱼，空中的紫燕，虽然同为各自族中的一类，但却凭着自己独特的生存方式和个性，在同族中鹤立鸡群。就像东方朔，虽伴如虎之君，却无不测之虞，庶几近之。

入世与出世

入世须学东方曼倩，出世须学佛印了元[①]。

江含徵曰：武帝高明善杀，而曼倩能免于死者，亦全赖吃了长生酒耳。

殷日戒曰：曼倩诗有云："依隐玩世，诡时不逢[②]。"此其所以免死也。

石天外曰：入得世，然后出得世，入世出世打成一片，方有得心应手处。

【注释】

①佛印了元：宋僧了元，号佛印，是苏东坡的挚友，善诗。

②"依隐"二句：见《汉书·东方朔传》，意思是对政事若即若离，虽仕犹隐，行为不同于常人，以避祸害。依隐，若即若离；诡时，与时习相违。

【品读】

此段道出众多知识分子日夜焦心的问题：究竟入世还是出世？或入世出世各保持怎样的比例？作者以东方朔和佛印为例做了说明：如东方朔，虽入世而有出世之心；如佛印，虽出世而现入世之姿。

赏花宜对佳人

赏花宜对佳人，醉月宜对韵人，映雪宜对高人。

余淡心曰：花即佳人，月即韵人，雪即高人，既已赏花、醉月、映雪，即与对佳人、韵人、高人无异也。

江含徵曰：若对此君仍大嚼，世间那有扬州鹤[1]。

张竹坡曰：聚花、月、雪于一时，合佳、韵、高为一人，吾当不赏而心醉矣。

【注释】

①若对此君仍大嚼，世间那有扬州鹤：诗句。见苏轼《於潜僧绿筠轩》。扬州鹤，典出南朝梁殷芸《殷芸小说》：有客相从，各言其志，或愿当杨州刺史，或愿多财富，或愿骑鹤升天。其一人曰："腰缠十万贯，骑鹤上扬州"，即兼前三人之愿。后以扬州鹤喻妄想。

【品读】

观赏花卉应该有佳人相伴，对月畅饮应该有吟诗作对的朋友助兴，把玩赏雪应与高雅隐士为伴。作者这里所说的不仅是独赏，而是与人共赏，"花即佳人，月即韵人，雪即高人"，佳人、韵人、高人因为其与景观的交融，相互映衬，也使得花、月、雪由静而动，平添了审美的趣味。

交友与读书

对渊博友，如读异书；对风雅友，如读名人诗文；对谨饬友[1]，如读圣贤经传；对滑稽友，如阅传奇小说。

李圣许曰：读这几种书亦如对这几种人矣。

张竹坡曰：善于读书，取友之言。

【注释】

①谨饬(chì)：谨慎。

【品读】

不同的朋友如不同的书籍，故吾人当遍阅诸友，广涉人世，以广见闻。按张竹坡之意，要善于从朋友中吸取有价值的要素，看取朋友的优点，察纳雅言，此论更见知人之胜。

楷书草书行书各所长

楷书须如文人，草书须如名将，行书介乎二者之间，如羊叔子缓带轻裘[1]，正是佳处。

程䡾老曰：心斋不工书法，乃解作此语耶。

张竹坡曰：所以羲之必做右将军。

【注释】

①羊叔子缓带轻裘：晋羊祜，字叔子，都督荆州军事，长达十年。平日不着甲胄，缓带轻裘，儒雅安闲，深得士民之心。

【品读】

武士而有文气，正如书法兼有行草，正得二者之韵。文士端重，乃德才内敛之貌。按张潮之意，似乎更看重杨叔子之类的武将，其心中大约有子贡子路的刚健梦想。

人可入诗物可入画

人须求可入诗，物须求可入画。

龚半千曰：物之不可入画者，猪也，阿堵物也[①]，恶少年也。

张竹坡曰：诗亦求可见得人，画亦求可像个物。

石天外曰：人须求可入画，物需求可入诗，亦妙。

【注释】

①阿堵物：指钱。《世说新语·规箴》载：晋王衍口不言钱，妻以钱堆床前，王衍说："举却阿堵物！"阿堵，当时口语，相当于"这个"。

【品读】

诗画对各自的对象都有所选择，作者对诗意人性的推崇反映了那个时代知识分子的本真内心，为我们描绘了诗情画意的人类理想生活境界，是晚明社会思潮的继承和发扬。

少年老成

少年人须有老成之识见，老成人须有少年之襟怀。

江含徵曰：今之钟鸣漏尽[①]，白发盈头者，若多收几斛麦，便欲置侧室，岂非有少年襟怀耶，独是少年老成者少耳。

张竹坡曰：十七八便有妾，亦居然少年老成。

李若金曰：老而腐板，定非豪杰。

王司直曰：如此方不使岁月弄人。

【注释】

①钟鸣漏尽：语出《三国志·魏书·田豫传》：“年过七十而以居位，譬犹钟鸣漏尽而夜行不休，是罪人也。”

【品读】

青年人需要有老年人的那种成熟的见识和老成，老年人需要有少年的激情与热忱，这样才能有精彩丰富的人生。作者主张老少互补，少年人学习老年人的沉稳与厚重，老年人应当有年轻人的朝气蓬勃、乐观向上，这是涨潮理想化的标准。

春秋有别

春者天之本怀，秋者天之别调。

石天外曰：此是透彻性命关头语。

袁中江曰：得春气者，人之本怀；得秋气者，人之别调。

尤悔庵曰：夏者天之客气①，冬者天之素风②。

陆云士曰：和神当春，清节为秋，天在人中矣。

【注释】

①客气：刘知几《史通·周书》：“真迹甚寡，客气尤烦。”本意指文章华而不实，这里借指夏季气候酷热。

②风：纯朴洁白的风尚。这里是就冬天的雪景而言。

【品读】

人心当如春气和煦熹微，有萌生万物之能；当如秋气清纯高洁，守定人伦根底。正如石天外之见，此是“透彻性命关头语”，尤悔庵之语，是依葫芦画瓢的联想。

若无花月美人

昔人云："若无花月美人，不愿生此世界"，予益一语云："若无翰墨棋酒，不必定作人身"。

殷日戒曰：枉为人身生在世界，急宜猛省。

顾天石曰：海外诸国，决无翰墨棋酒，即有，亦不与吾同，一般有人，何也？

胡会来曰：若无豪杰文人，亦不须要此世界者。

【品读】

花、月、美人作为美的化身，给人精神上的愉悦，为世界增添了亮丽的色彩，而诗文书画及弈棋饮酒，他们能抒情言志、颐养性情，但更要审美主体的参与，在挥毫书写、对弈、对饮中实现。张潮文中所说的这几种都是读书人重视的，没有这些将是人生憾事。

人为逍遥游

愿在木而为樗（不才，终其天年）①，愿在草而为蓍（前知）②，愿在鸟而为鸥（忘机）③，愿在兽而为廌（触邪）④，愿在虫而为蝶（花间栩栩），愿在鱼而为鲲（逍遥游）⑤。

吴菌次曰：较之闲情一赋，所愿更自不同⑥。

郑破水曰：我愿生生世世为顽石。

尤悔庵曰：第一大愿。大曰：愿在人而为梦。

尤慧珠曰：我亦有大愿，愿在梦而为影。

弟山木曰：前四愿皆是相反，盖前知则必多才，忘机则不能触邪也。

【注释】

①樗(chū)：木名，即臭樗。《庄子·逍遥游》："吾有大树，人谓之樗。其大本拥肿而不中绳墨，其小枝卷曲而不中规矩，立之涂，匠者不顾。"这里是说，樗木因不合用而免遭砍伐，愿像樗木那样，做个无才之人而终其天年。

②蓍(shī)：蓍草，多年生草本植物，我国古代用它的茎占卜。这里是说，蓍草用于占卜，可预知未来，愿像蓍草那样前知。

③忘机：机，事机；忘机，不以世事为怀。这里是说，鸥鸟自由自在地飞翔，愿像鸥鸟那样悠闲自得。

④廌(zhì)：即獬豸，传说中的神兽。汉杨孚《异物志》称其"一角，性别曲直，见人斗，触不直者"。这里是说，廌能判别曲直，愿像廌那样，抵触奸邪。

⑤鲲：古代传说中的大鱼。见《庄子·逍遥游》。

⑥闲情一赋：晋陶潜《闲情赋》，赋中铺陈一系列爱情幻想，如"愿在丝而为履，附素足以周旋"之类。

【品读】

对处世方式与命运形态的选择，当时已现多样化之式。樗、蓍、鸥、廌 、蝶、鲲，其所具功能各不相同，故其命运也不同，人而具有万物之能，固人之所愿，但也领有万物之弊。莫如顽石，如梦影，体取万物之机。这显示了作者对于人生的无奈。

冬天有三余

古人以冬为三余[①]，予谓当以夏为三余，晨起者夜之余，夜坐者昼之余，午睡者应酬人事之余。古人诗曰："我爱夏日长"[②]，洵不诬也。

张竹坡曰：眼前问冬夏皆有余者，能几人乎？

张迂庵曰：此当是先生辛未以前语。

【注释】

①三余：《三国志·魏志·王肃传》注引董遇语："冬者岁之余，夜者日之余，阴雨者时之余。"谓可用来读书。

②我爱夏日长：唐文宗李昂与柳公权联句有："人皆苦炎夏，我爱夏日长。"事载《唐诗纪事》。

【品读】

古人读书珍惜光阴，夜以继日，只为有所进取。冬之三余与夏之三余都是古人细分时段的方式，古人惜时如金，值得现代的我们借取。

庄周梦蝶

庄周梦为蝴蝶，庄周之幸也；蝴蝶梦为庄周，蝴蝶之不幸也[①]。

黄九烟曰：惟庄周乃能梦为蝴蝶，惟蝴蝶乃能梦为庄周耳。若世之扰扰红尘者，其能有此梦乎？

孙恺似曰：君于梦之中，又占其梦耶？

江含徵曰：周之喜梦为蝴蝶者，以其入花深也，若梦甫酣而乍醒，则又如嗜酒者梦赴席，而为妻惊醒，不得不加痛诟谇矣。

张竹坡曰：我何不幸而为蝴蝶之梦者？

【注释】

①"蝴蝶"句：出自《庄子·齐物论》："昔者庄周梦为胡蝶，栩栩然胡蝶也，自喻适志与！不知周也。俄然觉，则蘧蘧然周也。不知周之梦为

胡蝶与，胡蝶之梦为周与？”

【品读】

人与万物，同一幻化，此作者独到之悟。黄九烟之论是对俗人不能看透俗务的感叹；江含徵继续沉沦。可见清初知识分子价值观也现多元。

艺花可以邀蝶

艺花可以邀蝶，累石可以邀云，栽松可以邀风，贮水可以邀泮，筑台可以邀月，种蕉可以邀雨，植柳可以邀蝉。

曹秋岳曰：藏书可以邀友。

崔莲峰曰：酿酒可以邀我。

尤艮斋曰：安得此贤主人。

尤慧珠曰：贤主人非心斋而谁乎？

倪永清曰：选诗可以邀谤。

陆云士曰：积德可以邀天，力耕可以邀地，乃无意相邀而若邀之者，与邀名、邀利者迥异。

庞天池曰：不仁可以邀富。

【品读】

种植花卉可以邀来蝴蝶飞舞，堆砌石山可以招来白云飘荡，种植青松可以招来清风徐徐，存积池水可以招来浮萍的漂浮，建筑高阁楼可以招来明月朗照，栽种芭蕉可以招来细雨绵绵，种植柳树可以招来蝉鸣于枝头。

生活不能总是匆忙的。疲于奔命的人们难以享受到生命的快乐，自然生活质量也不高，诗意的栖居不需要充裕的金钱来做保证。很多时候，内心的充盈比什么都重要，幸福其实很简单。

言之极幽景

景有言之极幽，而实萧索者，烟雨也；境有言之极雅，而实难堪者，贫病也；声有言之极韵，而实粗鄙者，卖花声也。

谢海翁曰：物有言之极俗，而实可爱者，阿堵物也。

张竹坡曰：我幸得极雅之境。

【品读】

君子安贫，达人守道，虽罹极雅之境而不移。极陋之境而言之极幽，我们由此可揣摩古人幽诗雅韵的真实情状。

才子富贵

才子而富贵，定从福慧双修得来[①]。

冒青若曰：才子富贵难兼，若能运用富贵，才是才子，才是福慧双修，世岂无才子而富贵者乎，徒自贪著，无济于人，仍是有福无慧。

陈鹤山曰：释氏云："修福不修慧，象身挂璎珞[②]。修慧不修福，罗汉供应薄。"正以其难兼耳。山翁发为此论，直是夫子自道。

江含徵曰：宁可拼一副菜园肚皮[③]，不可有一副酒肉面孔。

【注释】

①福慧双修：既有福，又聪明。慧也作"惠"。元马致远《青杏子·姻缘曲》："天赋两风流，须知是福惠双修。"

②璎珞:古代用珠玉穿成的戴在颈上的装饰品。

③菜园肚皮:常食蔬菜的人,指贫士。

【品读】

福慧双圆,自是难得之遇。若是福无才调驱遣,则达人甘守贫贱。佛法对此有深刻认识:"修福不修慧,象身挂璎珞。修慧不修福,罗汉供应薄。"只有福慧双圆,才是人的圆满之境。此理古今一致。

新月恨易沉

新月恨其易沉,缺月恨其迟上。

孔东塘曰:我唯以月之迟早,为睡之迟早耳。

孙松坪曰:第勿使浮云点缀尘滓太清[①],足矣。

冒青若曰:天道忌盈[②],沉与迟,请君勿恨。

张竹坡曰:易沉迟上,可以卜君子之进退[③]。

【注释】

①清:太空。

②天道忌盈:意本《老子》:"天之道,损有余而补不足。"

③可以卜君子之进退:可以用来预测仕途。

【品读】

世间事物总是不那么美满、因月之盈虚,而识仕途之进退,此古人"天人感应"说的遗余。唯以新月易沉、缺月其迟而悟早慧而衰、大器晚成颇有新见。

躬耕吾所不能

躬耕吾所不能,学灌园而已矣[①];樵薪吾所不能,学薙草而已矣[②]。

汪扶晨曰：不为老农，而为老圃，可云半个樊迟[③]。

释菌人曰：以灌园薙草自任，自待，可谓不薄，然笔端隐隐有非其种者锄而去之之意。

王司直曰：予自名为识字农夫，得毋妄甚？

【注释】

①躬耕：亲自种田。三国蜀诸葛亮《出师表》："臣本布衣，躬耕于南阳，苟全性命于乱世，不求闻达于诸侯。"这里是隐居待仕的意思。灌园：从事田园劳动。《史记·商君列传》："君之危若朝露，尚将欲延年益寿乎？则何不归十五都，灌园于鄙。"后因谓退隐家居为灌园。

②樵薪：砍柴。薙(tì)草：除草。

③樊迟：孔子的学生。《论语·子路》："樊迟请学稼，子曰：'吾不如老农。'请学为圃。子曰：'吾不如老圃。'"

【品读】

耕读以传家荣身，是农业社会知识分子的理想。而其间继之以诗书，正是古代知识分子在无法"达则兼济天下"之后，退而求其次，"穷则独善其身"的理想选择。

人生有十恨

一恨书囊易蛀，二恨夏夜有蚊，三恨月台易漏，四恨菊叶多焦，五恨松多大蚁，六恨竹多落叶，七恨桂荷易谢，八恨薜萝藏虺[①]，九恨架花生刺，十恨河豚多毒。

江药庵曰：黄山松并无大蚁，可以不恨。

张竹坡曰：安得诸恨物，尽有黄山乎？

石天外曰：予另有二恨，一曰才人无行，二曰佳人薄命。

【注释】

①薜萝藏虺(huǐ)：薜，薜荔；萝，女萝、藤萝等，均蔓生植物；虺，古书上说的一种毒蛇。

【品读】

世间事物总是不完美，不圆满，作者为此屡发感慨。古代知识分子致力书海，安贫守道，仍有诸多不如意，而才人无行，佳人薄命，更是诸人之恨。

月下看美人

楼上看山，城头看雪，灯前看月，舟中看霞，月下看美人，另是一番情境。

江允凝曰：黄山看云，更佳。

倪永清曰：做官时看进士，分金处看文人。

毕右万曰：予每于雨后看柳，觉尘襟俱涤。

尤谨庸曰：山上看雪，雪中看花，花中看美人，亦可。

【品读】

此条罗列在特定情境中观览百态的雅趣。楼头看山，青青如黛；城头望雪，四野皆白；灯前赏月，交相辉映；船中看霞，人霞共影；月下美人，更添韵致。这些都是“生活的艺术”。唯“做官时看进士，分金处看文人”最是看出一个人根底的时节，表明识人之难。

妙趣无可名

山之光，水之声，月之色，花之香，文人之韵致，美人之姿态，皆无可名状，无可执着，真足以摄召魂梦，颠倒情思。

吴街南曰：以极有韵致之文人，与极有姿态之美人，共坐于山水花月间，不知此时魂梦何如，情思何如？

【品读】

山光、水声、月色、花香，文人的精神气质，佳人的优美姿态，都无法具体描写，无法具体把握，却足以令人魂牵梦绕，情思颠倒。

梦能自主

假使梦能自主，虽千里无难命驾[①]，可不羡长房之缩地[②]；死者可以晤对，可不需少君之招魂[③]；五岳可以卧游，可不俟婚嫁之尽毕[④]。

黄九烟曰：予尝谓鬼有时胜于人，正以其能自主耳。

江含徵曰：吾恐“上穷碧落下黄泉，两地茫茫皆不见”也[⑤]。

张竹坡曰：梦魂能自主，则可一生死，通人鬼，真见道之言也。

【注释】

①命驾：命令御者驾驶车马。

②缩地：旧指术士化远为近的法术。晋葛洪《神仙传·壶公》：“（费长）房有神术，能缩地脉，千里存在，目前宛然，放之复舒如旧也。”费长房，东汉汝南人，相传曾随异人入山学道。

③少君：李少君，汉武帝时人，尝作夸诞之词，如海中蓬莱仙者乃可见之之类。招魂：召唤死者的灵魂。

④卧游：南朝宋宗炳善画，晚年将所游山川景物，图之以室，自谓卧以游之。婚嫁之尽毕：《南齐书·萧惠基传》：“惠基常谓所亲曰：‘须婚

嫁毕，当归老旧庐。’”

⑤“上穷”二句：出自白居易《长恨歌》。

【品读】

此古人试图突破时空、人鬼的自由理想，有道家之韵。张竹坡的点评深得作者之意。可见自由理想是古今知识分子共有的情怀。

不幸与幸

昭君以和亲而显，刘蕡以下第而传[①]，可谓之不幸，不可谓之缺陷。

江含徵曰：若故折黄雀腿而后医之，亦不可。

尤悔庵曰：不然，一老宫人，一低进士耳。

【注释】

①刘蕡(fén)：唐刘蕡，字去华。太和初应贤良对策，直言极谏，论宦官之害。但考官畏宦官之势而不敢取他。同考的李郃说，刘蕡不第，我辈登科，实厚颜矣。

【品读】

古人出处进退以德能为上，虽不售，守道而已。昭君以和亲而显，刘蕡以下第而传，都是特定时代语境中的应景之举，幸与不幸，缺陷或完美，都是后人的解读，只能说明后人对历史事件有不同的阐释。

爱花爱美人

以爱花之心爱美人，则领略自饶别趣；以爱美人之心爱花，则护惜倍有深情。

冒辟疆曰：能如此，方是真领略，真护惜也。

张竹坡曰：花与美人何幸遇此东君[1]。

【注释】

①东君：司春之神。

【品读】

花与美人，同是一韵，只是显现有别。以爱花之心爱美人，则能领略美人之神韵；以爱美人之心爱花，则能悟出花之人性内容。

美人生香

美人之胜于花者，解语也[1]；花之胜于美人者，生香也。二者不可得兼，舍生香而取解语者也。

王勿翦曰：飞燕吹气若兰[2]，合德体自生香[3]，薛瑶英肌肉皆香[4]，则美人又何尝不生香也。

【注释】

①解语：懂得说话。王仁裕《开元天宝遗事》："明皇秋八月，太液池有千叶白莲数枝盛开，……左右皆叹羡久之。帝指贵妃于左右曰：'争如我解语花？'"

②飞燕：汉成帝之后赵飞燕。

③合德：汉成帝妃嫔，赵飞燕之妹。

④薛瑶英：唐元载宠姬，善歌舞，幼时其母以香啖之，故肌香体轻。

【品读】

美人胜过花的地方在于能够善解人意，花胜过美人的地方在于能够散发出香气。当两者不能兼得，就舍弃馥郁的花朵而选择善解人意的美人。作者明白人生不会完美，好事不可兼得，于是便义无反顾地选择了美人。

窗内窗外

窗内人于窗纸上作字，吾于窗外观之，极佳。

江含徵曰：若索债人于窗外纸上画，吾且望之却走矣。

【品读】

同是于窗纸上作字，然赏韵与索债，齐情判若天渊。可见不同的对境能引生不同的心境。江含徵之语极大的丰富了原意的内涵。

读书所悟不同

少年读书，如隙中窥月；中年读书，如庭中望月；老年读书，如台上玩月。皆以阅历之浅深，为所得之浅深耳。

黄交三曰：真能知读书痛痒者也。

张竹坡曰：吾叔此论，直置身广寒宫里[①]，下视大千世界，皆清光似水矣。

毕右万曰：吾以为学道，亦有浅深之别。

【注释】

①广寒宫：月宫。

【品读】

“隙中窥月”“庭中望月”“台上玩月”形象说明了读书的三种境界。随着人生阅历的不断丰富，读书的境界将会愈来愈高。

雨师知时节

吾欲致书雨师[①]：春雨宜始于上元节后（观灯已毕），至清明十日前之内（雨止桃开），及谷雨节中。夏雨宜于每月上弦之前，及下弦之后（免碍于月）。秋雨宜于孟秋、季秋之上千二旬[②]（八月为玩月胜镜），至若三冬[③]，正可不必雨也。

孔东塘曰：君若果有此牍，吾愿作致书邮也[④]。

余生生曰：使天而雨粟[⑤]，虽至元旦雨至除夕，亦未为不可。

张竹坡曰：此书独不可致于巫山雨师[⑥]。

【注释】

①雨师：雨神。

②孟秋：农历七、八、九三个月分别称作孟秋、仲秋、季秋。

③三冬：冬季三个月，即冬季。

④牍：古代对书信的一种别称。致书邮，代传书信的人。

⑤雨粟：谓天降粟。见《淮南了·本经训》："昔者苍颉作书，而天雨粟，鬼夜哭。"过去注者认为，有了文字，则诈伪萌生，弃耕作之业，务刀锥之利，天知其将饿，故为雨粟。

⑥巫山雨师：指巫山神女。巫山，山名，在四川巫山县东，即巫峡。《文选》载战国楚宋玉《高唐赋》记楚襄王游云梦台，言先王（怀王）梦与巫山神女相会。神女说："妾在巫山之阳，高丘之阻，旦为朝云，暮为行雨。朝朝暮暮，阳台之下。"这里取巫山神女"暮为行雨"之语，名之谓巫山雨师。

【品读】

花好月圆是人间美景，是人们都期望看到的事物。然而花开有时，这种美好的景致常常被落雨破坏，这对嗜好赏花玩月的人来说，确实太煞风景。作者这种思想显然是闲适者思想。

清贫胜浊富

为浊富不若为清贫，以忧生不若以乐死。

李圣许曰：顺理而生，虽忧不忧；逆理而死，虽乐不乐。

吴野人曰：我宁愿为浊富。

张竹坡曰：我愿太奢，欲为清富，焉能遂愿？

【品读】

“清高”之说，大约是诸多读书人的理想，张潮原做清正而贫寒的人，而不要做为富不仁的人。宁愿达观快乐地死去，也不要在忧愁苦闷中生存。

天下唯鬼最富

天下唯鬼最富，生前囊无一文，死后每饶楮镪①。天下唯鬼最尊，生前或受欺凌，死后必多跪拜。

吴野人曰：世于贫士，辄目为穷鬼，则又何也？

陈康畴曰：穷鬼若死，即并称尊矣。

【注释】

①楮镪（chǔ qiǎng）：祭祀时烧的纸钱。楮，造纸的原料，用作纸的代称；镪，钱贯，代指钱财。

【品读】

此文以人的生前身后遭遇处境的巨大反差，对世俗愚昧进行了辛辣调侃，对人情冷暖做了犀利批判。

蝶为才子之化身

蝶为才子之化身，花乃美人之别号。

张竹坡曰：蝶入花房香满衣，是反以金屋贮才子矣。

【品读】

这样的譬喻很浪漫，难道作者的潜意识里，才子佳人都拥有绝美仪容，短暂的宿命？

因雪想高士

因雪想高士，因花想美人，因酒想侠客，因月想好友，因山水想得意诗文。

弟木山曰：余每见人长一技，即思效之，虽至琐屑，亦不厌也。大约是爱博而情不专。

张竹坡曰：多情语，令人泣下。

尤谨庸曰：因得意诗文想心斋矣。

李季子曰：此善于设想者。

陆云士曰：临川谓“想内成，因中见”①，与此相发。

【注释】

①临川：即汤显祖，临川人，字义仍，号若士，明万历年进士，官礼部主事。著有传奇《紫箫记》《紫钗记》《牡丹亭》（又名《还魂记》）《南柯记》《邯郸记》五种。后四种世称《临川四梦》或《玉茗堂四梦》。“想内成，因中见”是《牡丹亭》第十出《惊梦》中的唱词。

【品读】

花月雪酒,对应不同的人格与情致,赋予自然景物以人文精神,是中国文化传统的志趣所在。

景致不同情怀亦别

闻鹅声如在白门[1],闻橹声如在三吴,闻滩声如在浙江,闻骡马项下铃铎声如在长安道上。

聂晋人曰:南无观世音菩萨摩诃萨[2]。

倪永清曰:众音寂灭时,又作么生话会。

【注释】

①白门:南朝宋都城建康(今南京)的西门,后遂称南京为白门。

②摩诃萨:梵语"摩诃萨埵"之简称。即菩萨之通称。

【品读】

由于文学的吟咏,这些声音都与不同的地域关联起来,从而引发不同的情思。然而,当众音寂灭时,我们又能感知到听闻静默的闻性,通向观世音菩萨的耳根圆通法门,领悟到那个不生不灭的形而上。至此,又具有禅的意味了。

一岁诸节

一岁诸节,以上元为第一,中秋次之,五日九日又次之[1]。

张竹坡曰:一岁当以我意畅日为佳节。

顾天石曰:跻上元于中秋之上,未免尚耽绮习。

【注释】

①五日九日：五日指农历五月初五的端午节，九日指九月初九的重阳节。

【品读】

元宵、中秋、端午、重阳，是中国四大传统节日，内涵不同的文化意蕴，随着历史的推进，这些节日渐渐与人们的生活感受关联起来，成为一种风俗习惯，文化意蕴反倒居于次要地位了。或奢华、或简朴、或畅意等等，各随己意，种种不一。

雨之为物

雨之为物，能令昼短，能令夜长。

张竹坡曰：雨之为物，能令天闭眼，能令地生毛[①]，能令水国广封疆。

【注释】

①地生毛：指土地上生长的植物。

【品读】

阴雨连绵，蔽日遮天，故令昼短；凄雨绵亘，催志苦情，故觉夜长。昼短与夜长之关联雨声，其实全因人的主观体验而来。

古之不传于今者

古之不传于今者，啸也[①]，剑术也，弹棋也[②]，打球也[③]。

黄九烟曰：古之绝胜于今者，官妓、女道士也[④]。

张竹坡曰：今之绝胜于古者，能吏也，猾棍也，无耻也。

庞天池曰：今之必不能传于后者，八股也。

【注释】

①啸：撮口发出长而清越的声音。

②弹棋：古代棋类游戏。相传西汉成帝时刘向仿蹴鞠之体而作。《后汉书·梁冀传》注称，弹棋为两人对局，黑白棋各六枚。排列好以后，依次弹之。魏时改为十六棋，唐又改为二十四棋。

③打球：即蹴鞠，我国古代的一种足球运动，用以练武。刘向《别录》："蹴鞠者，传言黄帝所作，或曰起战国时。"

④官妓：旧时入乐籍的女妓，清康熙时废此制。

【品读】

作者枚举了古今种种传与不传的文化形态与风俗制度，表明世风日下的现实。最后引庞天池之语，表明当时知识分子已对八股文深恶痛绝。

诗僧时复有之

诗僧时复有之，若道士之能诗者，不啻空谷足音，何也？

毕右万曰：僧道能诗，亦非难事，但惜僧道不知禅元耳[①]。

顾天石曰：道于三教中原属第三，应是根器最钝人做，那得会诗？轩辕弥明，昌黎寓言耳[②]。

尤谨庸曰：僧家势利第一，能诗次之。

倪永清曰：我所恨者，辟谷之法不传[③]。

【注释】

①禅元：即禅玄。元通"玄"，清代避圣祖（玄烨）讳，改"玄"为"元"。

②轩辕弥明：《韩昌黎集》"石鼎联句诗序"称，衡山道士轩辕弥明善诗文，尝与进士刘师服、校书郎侯喜以石鼎为题联句赛诗，道士诗高古出群。后人谓诗乃韩愈所撰，特托名于轩辕弥明。

③辟谷：亦称断谷、绝谷，即不吃五谷。相传是中国古代一种修养方法，后被道教作为修仙方法之一。

【品读】

历史上诗僧每见而道诗不盛，而道术中辟谷之法至清初已绝，表明中国本土宗教道教在儒释道三教中的弱势倾向。

当为花中之萱草

当为花中之萱草①，毋为鸟中之杜鹃②。

【注释】

①萱草：又名金针花、鹿葱、宜男、忘忧草。

②杜鹃：鸟名，相传古蜀帝杜宇化为杜鹃。白居易《琵琶行》中有"杜鹃啼血猿哀鸣"之句。

【品读】

萱草忘忧，杜鹃悲苦，作者的选择表明一种人生态度。避苦趋乐是人之本性，更是人们的现实选择。人性古今一理，我们更注重的是古代知识分子对此人性的隐喻式表达。

物之稚者

物之稚者，皆不可厌，惟驴独否。

黄略似曰：物之老者皆可厌，惟松与梅则否。

倪永清曰：惟癖于驴者，则不厌之。

【品读】

万物之初皆可爱。惟癖于驴者，亦不厌驴之初。黄略似之语更表明物之老者亦有可爱之处，此一面决定于物境，一面决定于心境。

耳闻不如目见

女子自十四五至二十四五岁，此十年中，无论燕、秦、吴、越，其音大都娇媚动人，一睹其貌，则美恶判然矣。耳闻不如目见，于此益信。

吴听翁曰：我向以耳根之有余，补目力之不足。今读此，乃知卿言亦复佳也。

江含徵曰：帘为妓衣，亦殊有见。

张竹坡曰：家有少年丑婢者，当令隔屏私语，灭烛侍寝，何如？

倪永清曰：若逢美貌而恶声音，又当何如？

【品读】

此古人对女子音容之品鉴，大抵在青春期，音、容俱佳，总之，青春具有永恒之美。当然，也有例外，对此，古人又有“隔屏私语，灭烛侍寝”之法。

寻乐境乃学仙

寻乐境，乃学仙；避苦趣，乃学佛，佛家所谓极乐世界者，盖谓众苦之所不到也。

【品读】

尘世的苦难太过沉重，人们渴望能解脱苦难，永生乐境。道家修仙，是寻求长生与清净。佛教说彼岸，指的是死后生于极乐世界，摆脱各种尘世之苦。前者避世，后者求死后解脱。

闲贫胜愁富

富贵而劳悴，不若安闲之贫贱；贫贱而骄傲，不若谦恭之富贵。

曹实庵曰：富贵而又安闲，自能谦恭也。

许师六曰：富贵而又谦恭，乃能安闲耳。

张竹坡曰：谦恭安闲，乃能长富贵也。

张迂庵曰：安闲乃能骄傲，劳悴则必谦恭。

【品读】

富贵贫贱，劳瘁安闲，端看吾人谦恭与骄傲之心。外在的境遇其实是由吾人心境决定的，后评者虽各有言，大抵不离此意。

目不能自见

目不能自见，鼻不能自嗅，舌不能自舐，手不能自握，惟耳能自闻其声。

弟木山曰：岂不闻心不在焉，听而不闻乎，兄其诳我哉！

张竹坡曰：心能自信。

释师昂曰：古德云[①]：眉与目不相识，只为太近。

【注释】

①古德：佛教徒对教门先辈的称呼。

【品读】

文字表面上是谈人的自然生理现象，其中蕴含着深刻的人生道理：人不能自查自己的缺点，而只能看到别人的缺点。

凡声皆宜远听

凡声皆宜远听,惟听琴则远近皆宜。

王名友曰:松涛声、瀑布声、箫笛声、潮声、读书声、钟声、梵声[①],皆宜远听。惟琴声、度曲声、雪声,非至近不能得其离合抑扬之妙。

庞天池曰:凡色皆宜近看,惟山色远近皆宜。

【注释】

①梵声:诵经声。

【品读】

声色,大类中皆有小异,不同之法宜不同对之。故"琴声、度曲声、雪声,非至近不能得其离合抑扬之妙。"

目不能识字

目不能识字,其闷尤过于盲;手不能执管[①],其苦更甚于哑。

陈鹤山曰:君独未知今之不识字、不握管者,其乐尤过于不盲、不哑者也。

【注释】

①执管:指写字。管,毛笔。

【品读】

张潮认为尝到了智慧的滋味,才会为无知无识的蒙昧者感到痛苦,只是身处蒙昧之中的人,其认识和思想高度有限,会无从感受到这些痛苦，如陈鹤山所言，不识字，不会写字的人，并不见得就少了俗世的快乐。

人间乐事

并头联句[1]，交颈论文，宫中应制[2]，历使属国[3]，皆极人间乐事。

狄立人曰：既已并头交颈，即欲联句论文，恐亦有所不暇。

汪舟次曰：历使属国，殊不易易。

孙松坪曰：邯郸旧梦[4]，对此惘然。

张竹坡曰：并头交颈，乐事也，联句论文，亦乐事也，是以两乐并为一乐者，则当以两夜并二夜方妙，然其乐一刻，胜于一日矣。

沈契掌曰：恐天亦见妒。

【注释】

①联句：赋诗时人各一句或几句，合而成篇。

②应制：应皇帝之命而作。唐宋人诗文有以应制为标题的。

③属国：附属国。

④邯郸旧梦：唐人小说中有一则记卢生在邯郸旅店中入睡，梦中，历尽荣华富贵，一觉醒来，主人所炊黄粱尚未熟。

【品读】

与朋友联句，应帝命作文，或出使属国，是旧时文人的理想。第一种意味着一种平等的精神交流，是知识分子生存的精神需求；第二种表述人格尊重的被满足；第三种意味着最高价值的实现。透露我国古代知识分子在生计满足后已不再计较于物质生活的问题，而是直趋最高价值的实现了。

姓氏不同美感有别

《水浒传》，武松诘蒋门神云："为何不姓李？"此语殊妙。盖姓实有佳有劣，如华、如柳、如云、如苏、如乔，皆极风韵。若夫毛也、赖也、焦也、牛也，则皆尘于目而棘于耳者也。

先渭求曰：然则君为何不姓李耶？

张竹坡曰：止闻今张昔李，不闻今李昔张也。

【品读】

姓氏在旧时文人心中，其实有高下雅俗之判。大约古人将姓氏附会不同的自然之物，而又对此自然之物意义的领悟别有不同，或俗或雅，种种不一，作为符号的姓氏于是灌注不同的好恶了。

花之宜于目

花之宜于目而复宜于鼻者，梅也、菊也、兰也、水仙也、珠兰也、莲也。止宜于鼻者：橼也[①]、桂也、瑞香也、栀子也、茉莉也、木香也、玫瑰也、腊梅也。余则皆宜于目者也。花与叶俱可观者，秋海棠为最，荷次之，海棠，酴醿[②]、虞美人、水仙又次之。叶胜于花者，止雁来红[③]、美人蕉而已。花与叶俱不足观者，紫薇也、辛夷也[④]。

周星远曰：山老可当花阵一面。

张竹坡曰：以一叶而能胜诸花者，此君也。

【注释】

①橼(yuán):枸橼,木名,即香橼。

②酴醾(tú mí):落叶小灌木,花白色,有香气,供观赏。也作“荼蘼”。

③雁来红:草名,又名后庭花,至秋而颜色愈妍,故一名老少年。

④辛夷:香木名。花尖如笔头,故一名木笔。花白者名玉兰,亦称望春、迎春。

【品读】

花之色香,宜于耳目者,此中有精细的分排,显示旧时文人的雅趣。张潮所论未必皆属恰切,但看得出他确是乐在其中,颇为用心。

高语山林者

高语山林者,辄不善谈市朝[①],事审若此,则当并废史、汉诸书而不读矣。盖诸书所载者,皆古之市朝也。

张竹坡曰:高语者,必是虚声处士[②],真入山者,方能经纶市朝[③]。

【注释】

①市朝:指争名逐利的场所。

②处士:未仕或不仕的士人。

③经纶:整理丝缕,理出丝绪叫经;编丝成绳叫纶。引申为筹划治理国家大事。

【品读】

出世与入世,重名与忘名,是旧时文人观察一个人人品高下优劣的评判标准。

云之为物

云之为物，或崔巍如山，或潋滟如水，或如人，或如兽，或如鸟毳[①]，或如鱼鳞。故天下万物皆可画，惟云不能画。世所画云。亦强名耳。

何蔚宗曰：天下百官皆可做，惟教官不可做，做教官者，皆谪戍耳。

张竹坡曰：云有反面正面，有阴阳向背，有层次内外，细观其与日相映，则知其明处乃一面，暗处又一面。尝谓古今无一画云手，不谓《幽梦影》中，先得我心。

【注释】

①毳（cuì）：鸟兽的细毛。

【品读】

云之为物，千态万状，故难写难摩，只有实践方能有此体会。

人生六事可谓全福

值太平世，生湖山郡，官长廉静，家道优裕，娶妇贤淑，生子聪慧，人生如此，可云全福。

许筱林曰：若以粗笨愚蠢之人当之，则负却造物。

江含徵曰：此是黑面老子，要思量做鬼处。

吴岱观曰：过屠门而大嚼，虽不得肉，亦觉快意[①]。

李荔园曰：贤淑聪慧，尤贵永年，否则福不全。

【注释】

①乃曹植《与吴质书》中语。亦觉快意，曹文作“贵且快意”。

【品读】

此写出旧时知识分子认为实现人生幸福应满足的全部条件，即此事，当时就有不同理解，甚至有人认为是不可能的。本条所谈，近于一般的世俗理想，可谓文人版“三十亩地一头牛，老婆孩子热炕头”。

天下玩器之类

天下玩器之类，其制日工，其价日贱，毋惑乎民之贫也。

张竹坡曰：由于民贫，故益工而益贱，若不贫如何肯贱？

【品读】

本书大多谈美好的山居理想与文人雅趣，对现实生活中的黑暗、不平与痛苦较少正面提及，本条触及当时的一种不公平：器玩之类的做工越来越精细，这意味着制作这些东西付出的人工费用更高。可是，器物的价格却在下降，工人却入不敷出，日益贫困，这是为什么呢？

养花胆瓶

养花胆瓶，其式之高低大小，须与花相称；而色之浅深浓淡，又须与花相反。

程穆倩曰：足补袁中郎《瓶史》所未逮[①]。

张竹坡曰：夫如此有不甘去南枝而生香于几案之右者乎？

名花心足矣。

王宓草曰：须知相反者，正欲其相称也。

【注释】

①袁中郎：袁宏道，字中郎，明万历年进士。著有《袁中郎集》《瓶花斋奇录》《瓶史》。

【品读】

明清之际的知识分子普遍嗜好养花、插花，以此陶冶性情，并发展出许多以此相关的理论著述，比较有名的是袁宏道的《瓶史》。张潮受袁宏道影响较深，自身也是追求生活情趣的人，因此对养花、插花也很热衷。此文中养花经验至今都有值得借鉴的价值。相反而复相成，正是辩证法的具体运用。

春雨如恩诏

春雨如恩诏，夏雨如赦书，秋雨如挽歌。

张谐石曰：我辈居恒苦饥，但愿夏雨如馒头耳。

张竹坡曰：赦书太多，亦不甚妙。

【品读】

四季之雨与人生际遇关联起来，此亦一悟。张竹坡之语颇有见地，盖赦书太多，必先罪诏太繁，淫雨霏霏，亦非农人所能承受。

步步得意可谓全人

十岁为神童，二十、三十为才子，四十、五十为名臣，六十为神仙，可谓全人矣。

江含徵曰：此却不可知，盖神童原有仙骨故也，只恐中间做名臣时，堕落名利场中耳。

杨圣藻曰：人孰不想，难得有此全福。

张竹坡曰：神童、才子，由于己，可能也；臣由于君，仙由于天，不可必也。

顾天石曰：六十神仙，似乎太早。

【品读】

此表明旧时知识分子对人生各个年龄段的期望和规划，然时操之于己，时操之于人，不可能尽如己意。张潮早年心怀科举，然而累试不弟，最终心灰意冷。面对人生的种种不如意，这也是他无奈的想象和自我慰藉吧！

武人与文人

武人不苟战，是为武中之文；文人不迂腐，是为文中之武。

梅定九曰：近日文人不迂腐者，颇多，心斋亦其一也。

顾天石曰：然则心斋直谓之武夫可乎？笑笑。

王司直曰：是真文人，必不迂腐。

【品读】

武士的冷静与文人的清醒，强调的都是理性。只有理性能确保武士之文气与文士之不迂腐。

文人讲武事

文人讲武事，大都纸上谈兵；武将论文章，半属道听途说。

吴街南曰：今之武将讲武事，亦属纸上谈兵，今之文人论文章，大都道听途说。

【品读】

“闻道有先后，术业有专攻。”每个人都有自己擅长的事情，如果对自己不懂的事情随意发表议论，便难免落入纸上谈兵或人云亦云的境地。

情痴而始真

情必近于痴而始真，才必兼乎趣而始化。

陆云士曰：真情种、真才子，能为此言。

顾天石曰：才兼乎趣，非心斋不足当之。

尤慧珠曰：余情而痴则有之，才而趣，则未能也。

【品读】

情而近痴、才而有趣，此真性情，然少有人兼备。顾天石评论“才兼乎趣，非心斋不足当之”，观《幽梦影》，可知张潮广有所涉，并所涉成趣，此论不虚。

全才自古难

凡花色之娇媚者，多不甚香；瓣之千层者，多不结实。甚矣，全才之难也。兼之者，其惟莲乎。

殷日戒曰：花叶根实，无所不空，亦无不适于用，莲则全有其德者也。

贯玉曰：莲花易谢，所谓有全才，而无全福也。

王丹麓曰：我欲荔枝有好花，牡丹有佳实，方妙。

尤谨庸曰：全才必为人所忌，莲花故名君子[①]。

【注释】

①莲花故名君子：宋周敦颐《爱莲说》："莲，花之君子者也。"

【品读】

即以莲之易谢，也是其君子品性的显现。诸评者皆着眼于莲，可见莲品貌德行已深入人心，此与周敦颐《爱莲说》不无关系，更显示佛教对中华文化的渗透。

著书与注书

著得一部新书，便是千秋大业；注得一部古书，允为万世宏功。

黄交三曰：世间难事，注书第一，大要于极寻常处，要看出作者苦心。

张竹坡曰：注书无难，天使人得安居无累，有可以注书之时与地为难耳。

【品读】

在古代著书立说被称为是"千古之大业，不朽之盛事"，可见古人对著述立说的行为给予了极高的评价。注书之难与不难，各人理解不同，黄交三之论，似得其微。盖注书要领悟作者之精微，时地之难，约在其次耳。

三者无是处

延名师训子弟，入名山习举业，丐名士代捉刀[①]，三者都无是处。

陈康畤曰：大抵名而已矣，好歹原未必着意。

殷日戒曰：况今日之所谓名乎？

【注释】

①捉刀：代人做文章。典出《世说新语·容止》："魏武（曹操）将见匈奴使，自以形陋，不足雄远国，使崔季珪（琰）代，帝自捉刀立床头。既毕，令间谍问曰：'魏王何如？'匈奴使答曰：'魏王雅望非常，然床头捉刀人，此乃英雄也。'"

【品读】

为了名，古时士子有太多虚假的装点，与今时正同，可见古今一理。

文体贵创新

积画以成字，积字以成句，积句以成篇，谓之文。文体日增，至八股而遂止。如古文、如诗、如赋、如词、如曲、如说部[①]、如传奇小说[②]，皆自无而有。方其未有之时，固不料后来之有此一体也；逮既有此一体之后，又若天造地设，为世必应有之物。然自明以来，未见有创一体裁新人耳目者。遥计百年之后，必有其人，惜乎不及见耳。

陈康畤曰：天下事从意起，山来今日既作此想[③]，安知其来生不即为此辈翻新之士乎？惜乎，今人不及知耳。

陈鹤山曰：此是先生应以创体身得度者，即现创体身而为设法。

孙恺似曰：读心斋别集，拈四子书题[④]，以五、七言韵体行之，无不入妙，叹其独绝，此则直可当先生自序也。

张竹坡曰：见及于此，是必能创之者，吾拭目以待新裁。

【注释】

①说部：旧指小说以及关于逸闻、琐事之类的著作。

②传奇：小说体裁之一，一般指唐宋人用文言写作的短篇小说。

③山来：即作者张潮，字山来，号心斋。

④四子书：即四书。拈四子书题，即从四子书中择句为题作文。

【品读】

此表明作者对文体演变的认识，并预言了将来新文体的出现，报告文学、影视文学、新闻、消息、散文诗等新文体正印证了作者的预言。故"天下事从意起"，无中生有，此为的论。

所托者异

云映日而成霞，泉挂岩而成瀑，所托者异，而名亦因之，此友道之所以可贵也。

张竹坡曰：非日而云不映，非岩而泉不挂，此友道之所以当择也。

【品读】

所托者重，所成者重，同是一重，故不可偏废。然张竹坡之论乃的论，盖友道之择费神多矣。

大家之文

大家之文，吾爱之慕之，吾愿学之；名家之文，吾爱之幕之，吾不敢学之。学大家而不得，所谓"刻鹄不成尚类鹜也"①；

学名家而不得，则是“画虎不成反类狗矣”②。

黄旧樵曰：我则异于是，最恶世之貌为大家者。

殷日戒曰：彼不曾闯其藩篱，乌能窥其阃奥③，只说得隔壁话耳。

张竹坡曰：今人读得一、两句名家，便自称大家矣。

【注释】

①刻鹄不成尚类鹜：《后汉书·马援传》载马援诫其侄曰：“效伯高不得，犹为谨敕之士，所谓刻鹄不成尚类鹜者也。”刻，雕刻；鹄，天鹅；鹜，野鸭。

②画虎不成反类狗：语亦出《后汉书·马援传》。

③藩篱：房舍外的篱笆墙，这里比喻浅显。阃(kǔn)奥，内室深隐之处，引申为隐微深奥的境界。阃，门槛。

【品读】

大家与名家有差异：大家有真才实学，名家则未必。依文理跟踪大家，即使“刻鹄不成尚类鹜”，尚有鹄之形；若学名家，并无文理可踪，则“画虎不成反类狗”，连形都没有了。文章个性要自己形成，非模仿而得。

修习戒定慧

由戒得定，由定得慧①，勉强渐近自然，炼精化气，炼气化神，清虚有何渣滓。

袁中江曰：此二氏之学也②，吾儒何不然？

陆云士曰：《楞严经》《参同契》精义尽涵在内③。

尤悔庵曰：极平常语，然道在是矣。

【注释】

①"由戒"两句:这两句是佛教语。戒,佛教的戒律;定,入定,静坐敛心,不起杂念,使心定于一处;慧,梵语"般若",意译为慧。指破除迷惑,认识真理。

②二氏之学:指释、道二家的学说。

③《楞严经》:佛教经典。《参同契》即《周易参同契》,道教经典。

【品读】

定慧之说,在佛、道两家均有表述,但语义略有差异,是古人内求智慧、外求知识的经典依据。儒家对此略显弱势。

佛道二氏不可废

予尝谓二氏不可废,非袭夫大养济院之陈言也[①]。盖名山胜境,我辈每思褰裳就之[②],使非琳宫梵刹[③],则倦时无可驻足,饥时谁与授餐?忽有疾风暴雨,五大夫果真足恃乎?又或邱壑深邃,非一日可了,岂能露宿以待明日乎?虎豹蛇虺,能保其不人患乎?又或为士大夫所有,果能不问主人,任我之登陟凭吊而莫之禁乎?不特此也,甲之所有,乙思起而夺之,是启争端也。祖父之所创建,子孙贫力,不能修葺,其倾颓之状,反足令山川减色矣。

然此特就名山胜境言之耳,即城市之内,与夫四达之衢,亦不可少此一种。客游可作居停一也,长途可以稍憩,二也;夏之茗,冬之姜汤,复可以济役夫负戴之困,三也。凡此皆就事理言之,非二氏福报之说也。

释中洲曰:此论一出,量无悭檀越矣[④]。

张竹坡曰:如此处置此辈甚矣。但不得令其于人家丧事诵经，吉事拜忏，装金为像，铸铜作身，房如宫殿，器御钟鼓，动说因果。虽饮酒食肉，娶妻生子，总无不可。

石天外曰：天地生气，大抵五十年一叙。生气一叙，必有刀兵、饥馑、瘟疫，以收其生气。此古今一治一乱必然之数也。自佛入中国，用剃度出家法，绝其后嗣。天地盖欲以佛节古今之生气也。所以唐、宋、元、明以来，剃度者多，而刀兵劫数，稍减于春秋战国、秦汉诸时也。然则佛氏且未必无功天地，宁特人类已哉。

【注释】

①养济院：宋、明政府设置的收养贫民、救济老疾孤寡的机构。大养济院：明代陈继儒称佛教为大养济院。

②褰裳(qiān cháng)：撩起衣裙。

③琳宫梵刹：道观及佛寺。

④量无悭(qiān)檀越矣：大概不会有吝啬的施主了吧。悭，吝啬；檀越，施主。

【品读】

佛教传入中国，强化了社会的慈善意识，使孤贫之辈有所寄托，贫富差异的困扰略有稍减，故社会的戾气不容易引发战争，其所带来的和平功效是显然的，此为作者的经验之论。

笔砚不可不精

虽不善书，而笔砚不可不精；虽不业医，而验方不可不存[①]；虽不工弈，而秋枰不可不备[②]。

江含徵曰：虽不善饮，而良酿不可不藏，此坡仙之所以为坡仙也[③]。

顾天石曰：虽不好色，而美女妖童不可不蓄。

毕右万曰：虽不习武，而弓矢不可不张。

【注释】

①验方：确有疗效的现成药方。

②秋枰：即楸（qiū）枰，指棋盘。古代棋盘多用楸木做成，故名。

③坡仙：指苏东坡。苏轼《后赤壁赋》："已而叹曰：'有客无酒，有酒无肴，月白风清，如此良夜何？'……归而谋诸妇。妇曰：'我有斗酒，藏之久矣，以待子不时之需。'"

【品读】

知识分子储备各种生活的技巧能提升自己生活的水平与质量。古人已意识到我们的生活已涉及到多种角度与层面。

方外不必戒酒

方外不必戒酒[①]，但须戒俗；红裙不必通文[②]，但须得趣。

朱其恭曰：以不戒酒之方外，遇不通文之红裙，必有可观。

陈定九曰：我不善饮，而方外不饮酒者，誓不与之语；红裙若不识趣，亦不乐与近。

释浮村曰：得居士此论，我辈可放心豪饮矣。

弟东囿曰：方外并戒了化缘方妙。

【注释】

①方外：世俗之外。亦称僧道为方外，谓其不涉世事。

②红裙：代指年轻妇女。

【品读】

张潮论人，重性灵，重个性，重趣味。从这个角度出发，一方面，他对人要求看似不高：和尚、道士不必戒酒；欣赏的女性不一定是才女，诗词书画样样通。但另一方面，和尚道士要不俗，女子要得趣，这明显是更高层次的精神要求。

梅边之石宜古

梅边之石宜古，松下之石宜拙，竹傍之石宜瘦，盆内之石宜巧。

周星远曰：论石至此，直可作九品中正[①]。

释中洲曰：位置相当，足见胸次。

【注释】

①中正：官名。魏晋南北朝时，各州、郡设中正官，负责考察本州人才品德，分为九等（九品），作为选任官吏的依据。

【品读】

张潮在文学、艺术、文化的各个领域，似乎都有一套见解，其学识广博、多才多艺。本条中对叠石、盆景艺术加以品评：梅树的老干虬枝与古趣的石头相配，苍劲的松树应与朴拙的石头相配；竹子纤秀高挑，应该配以清瘦之石，盆景空间有限，摆在盆中的石头应小巧玲珑。

律己与处世

律己宜带秋气[①]，处世宜带春气[②]。

孙松楸曰：君子所以有矜群而无争党也[③]。

胡静夫曰：合夷惠为一人[④]，吾愿亲炙之[⑤]。

尤悔庵曰：皮里春秋。

【注释】

①秋气：汉董仲舒《春秋繁露》："秋气严"。

②春气：汉董仲舒《春秋繁露》："春气爱"。

③矜群：《论语·卫灵公》："君子矜而不争，群而不党。"矜，持重；争，争执；群，合群；党，偏私、阿附。

④夷惠：夷，指伯夷；惠，指柳下惠。

⑤亲炙：亲承教化。

【品读】

宽以待人，严于律己，这个是老生常谈的，可作者却用新鲜的笔法，秋气、春气的比喻，生动形象，让人印象深刻。

厌催租之败意

厌催租之败意①，亟宜早早完粮；喜老衲之谈禅，难免常常布施。

释中洲曰：居士辈之实情，吾僧家之私冀，直被一笔写出矣。

瞎尊者曰：我不会谈禅，亦不敢妄求布施，惟闲写青山卖耳。

【注释】

①败意：败坏意兴。宋惠洪《冷斋夜话》载，潘大临书答谢无逸书说："昨日闲卧，闻搅林风雨声，欣然起，题其壁曰'满城风雨近重阳'，忽催租人至，遂败意。"

【品读】

无欠无求，诗意山水，是晚明知识分子的适意人生。可他们极力营造的闲适、纯净的生活理想，其实很脆弱，很容易为外界所扰。

松下听琴

松下听琴，月下听箫，涧中听瀑，山中听梵呗[1]，觉耳中别有不同。

张竹坡曰：其不同者，有难于向不知者道。

倪永清曰：识得不同二字，方许享此清听。

【注释】

①梵呗：佛教徒作法事时的赞叹歌咏之声。

【品读】

松下之琴，月下之箫，涧中之瀑，山中之梵呗，此中有别趣，只合向会者道。美好的事物，必须有相匹配的环境，这是张潮的一贯主张。

月下听禅

月下听禅，旨趣益远；月下说剑，肝胆益真；月下论诗，风致益幽；月下对美人，情意益笃。

袁士旦曰：溽暑中赴华筵，冰雪中应考试，阴雨中对道学先生，与此况何如？

【品读】

不同的环境能够启发不同的精神旨趣。在静谧的月光中听佛家禅理，其旨趣更加淡远。月下谈论剑术，剑光月光相辉映，越显出侠肝义胆，更有韵味。而美人多情，月色温柔，则相得益彰。

有地上之山水

有地上之山水，有画上之山水，有梦中之山水，有胸中之山水。地上者妙在邱壑深邃，画上者妙在笔墨淋漓，梦中者妙在景象变幻，胸中者妙在位置自如。

周星远曰：心斋《幽梦影》中文字、其妙亦在景象变幻。

殷日戒曰：若诗文中之山水，其幽深变幻，更不可以名状。

江含徵曰：但不可有面上之山水。

余香祖曰：余境况不佳，水穷山尽矣。

【品读】

张潮喜爱游山玩水，其对山水的感受，自然别具一格。不同语境中山水形态与性质都不相同，其实折射了不同的精神品质。作者很形象地将山水分为四种：地上的、画中的、梦中的、胸中的。四种山水各有其特点。地上的山水，自然是名山大川，青山有水；画中的山水，是画者的笔墨渲染。梦中的山水，最出名的莫过于李白的《梦游天姥吟留别》，“妙在景象变幻”。而胸中的山水，指的应该是人对山水的审美认识吧！

一日之计种蕉

一日之计种蕉，一岁之计种竹，十年之计种柳，百年之计种松。

周星远曰：千秋之计，其著书乎？

张竹坡曰：百世之计种德。

【品读】

无论是百世还是千秋，树德立行皆为首要之务。张潮的层次累进之说不够圆满，张竹坡之说为究竟之论。

春雨宜读书

春雨宜读书，夏雨宜弈棋，秋雨宜检藏，冬雨宜饮酒。

周星远曰：四时惟秋雨最难听，然予谓无分今雨旧雨[1]，听之要皆宜于饮也。

【注释】

①今雨旧雨：唐杜甫《秋述》："秋，杜子卧病长安旅次，多雨生鱼，青苔及榻，常时车马之客，旧，雨来；今，雨不来。"后用"今雨"指新交的朋友，"旧雨"指老朋友。

【品读】

与朋友共酌时静听秋雨，此中无限心事，维共酌者知之。周星远"秋雨最难听"之说大约秋雨最能引发人心事，以酒浇愁，是一种解决方式。

诗文词曲之体

诗文之体得秋气为佳[1]，词曲之体得春气为佳。

江含徵曰：调有惨澹悲伤者，亦须相称。

殷日戒曰：陶诗、欧文亦似以春气胜[2]。

【注释】

①秋气:宋玉《九辩》:“悲哉秋之为气也。”这里指诗文之衰婉凄绝。

②陶诗、欧文:陶,指陶渊明;欧,指欧阳修。

【品读】

诗言志,得秋气之澄明静朗;词言情,得春气之萌动郁勃。春秋之气各能引发人不同的感悟。陶诗、欧文能超越节令,是文中之佳者。

抄写之笔墨

抄写之笔墨,不必过求其佳;若施之缣素[①],则不可不求其佳。诵读之书籍,不必过求其备;若以供稽考,则不可不求其备。游历之山水,不必过求其妙;若因之卜居,则不可不求其妙。

冒辟疆曰:外遇之女色,不必过求其美,若以作姬妾,则不可不求其美。

倪永清曰:观其区处条理,所在经济可知。

王司直曰:求其所当求,而不求其所不必求。

【注释】

①缣素:供作书画使用的白绢。

【品读】

笔墨、书籍、风水、美女,是否求其精致,端看其所在语境。张潮之论是经验之谈,冒辟疆何其率真!

人非圣贤

人非圣贤,安能无所不知;只知其一,惟恐不止其一,复求知其二者，上也；止知其一，因人言始知有其二者，次也；止知者一，人言有其二而莫之信者，又其次也；止知其一恶人言有其二者，斯下之下矣。

周星远曰：兼听则聪，心斋所以深于知也。

倪永清曰：圣贤大学问，不意于清语得之。

【品读】

博学广闻，博察兼听，是凡夫走向圣智的必由之路。张潮的分层之论使我们了解了几种人格境界。

史官所纪者

史官所纪者，直世界也；职方所载者[①]，横世界也。

袁中江曰：众宰官所治者，斜世界也。

尤悔庵曰：普天下所行者，混沌世界也。

顾天石曰：吾尝思天上之天堂，何处筑基，地下之地狱，何处出气，世界固有不可思议者。

【注释】

①职方：官名，其职责是掌管舆图、军制、城隍、镇戍、简练、征讨之事。

【品读】

众生所处世界，各不相同，端看吾人心行而定外境。故混沌世界，为众生所居。

先天八卦

先天八卦，竖看者也；后天八卦，横看者也[①]。

吴街南曰：横看竖看，皆看不着。

钱目天曰：何如袖手旁观。

【注释】

①八卦：《周易》中的八种符号。相传为伏羲所作。最初是上古人们记事的符号，后被用为卜筮符号。

【品读】

众生之命，非决于八卦，心行决定命运，故“何如袖手旁观”。要改变自己的命运，莫如从心行下手。

读书须解其中意

藏书不难，能看为难；看书不难，能读为难；读书不难，能用为难；能用不难；能记为难。

洪去芜曰：心斋以能记次于能用之后，想亦苦记性不如耳，世固有能记而不能用者。

王端人曰：能记能用，方是真藏书人。

张竹坡曰：能记固难，能行尤难。

【品读】

用书当然为至难，作者视记书难于用书，故引发争议。用书见之于“行”，知识分子读而不能用与行，不过是以书橱而已。

求知己于朋友易

求知己于朋友易，求知己于妻妾难，求知己于君臣则尤难之难。

王名友曰：求知己于妾易，求知己于妻难，求知己于有妾之妻尤难。

张竹坡曰：求知己于兄弟亦难。

江含徵曰：求知己于鬼神，则反易耳。

【品读】

知己可于朋友求，于妾求，乃至于鬼神求，却不可于君臣求，于兄弟求，于妻求，大约君臣、兄弟、妻之身份阻碍了知己之意的显发。

善人与恶人

何谓善人？无损于世者则谓之善人；何谓恶人？有害于世者则谓之恶人。

江含徵曰：尚有有害于世，而反邀善人之誉，此实为好利而显为名高者，则又恶人之尤。

【品读】

是有利还是有害于世是古人衡量善恶的标准，此中蕴含“利他”与否的标尺，至于荣膺善名而造恶行则是恶中之恶了。

人生之福

有工夫读书，谓之福；有力量济人，谓之福；有学问著述，谓之福；无是非到耳，谓之福；有多闻直谅之友①，谓之福。

殷日戒曰：我本薄福人，宜行求福事，在随时儆醒而已。

杨圣藻曰：在我者可必，在人者不能必。

王丹麓曰：备此福者，推我心斋。

李水樵曰：五福骈臻固佳[②]，苟得其半者，亦不得谓之无福。

倪永清曰：直谅之友，富贵人久拒之矣，何心斋反求之也？

【注释】

①多闻直谅：《论语·季氏》："益者三友，……友直，友谅，友多闻。"直，正直；谅，守信；多闻，见闻广博。

②五福骈臻：以上所述五种福都享受到。骈，并列；臻，达到。

【品读】

古人理解的福，多在精神上用力，多在教养上用功夫。其"有力量济人""有多闻直谅之友"，可谓福中之福。

人其乐于闲

人莫乐于闲，非无所事事之谓也。闲则能读书，闲则能游名胜，闲则能交益友，闲则能饮酒，闲则能著书。天下之乐，孰大于是？

陈鹤山曰：然则正是极忙处。

黄交三曰：闲字前有止敬攻夫，方能到此。

尤悔庵曰：昔人云：忙里偷闲，闲而可偷，盗亦有道矣。

李若金曰：闲固难得，有此五者，方不负闲字。

【品读】

在闲中着力于精神提升，其实不闲。故读书、游旅、交友、饮酒、著述，都是精神提升的手段，非闲不能。

文章山水

文章是案头之山水，山水是地上之文章。

李圣许曰：文章必明秀，方可作案头山水；山水必曲折，乃可名地上之文章。

【品读】

所谓“读万卷书，行万里路”，此正山水文章之意。然文章亦必明秀、山水亦必曲折，方不负其胜。故李圣许可谓的论。

《水浒传》是怒书

《水浒传》是一部怒书，《西游记》是一部悟书，《金瓶梅》是一部哀书。

江含徵曰：不会看《金瓶梅》，而只学其淫，是爱东坡者，但喜吃东坡肉耳①。

殷日戒曰：《幽梦影》是一部快书。

朱其恭曰：余谓《幽梦影》是一部趣书。

【注释】

①东坡肉：宋周紫芝《竹坡诗话》载：苏轼（东坡）在黄冈，戏作《食猪肉》诗云：“黄州好猪肉，价贱如粪土。富者不肯吃，贫者不解煮。慢着火，少着水，火候足时他自美。每日起来打一碗，饱得自家君莫管。”东坡肉之名即本此。

【品读】

《水浒传》表现了英雄们被逼上梁山的悲愤。《西游记》借描写神魔鬼怪来影射和讽刺现实，其中有大量八卦、五行、金丹大道、心性之学等道教、佛教的内容，故有人认为是一部悟道的书。《金瓶梅》把笔触伸向市井人情，表现了人性中许多阴暗面，张竹坡将该书称为“第一奇书”，反对称它为“淫书”，说《金瓶梅》为“哀书”，可能受张竹坡的影响。

读书最乐

读书最乐，若读史书则喜少怒多。究之，怒处亦乐处也。

张竹坡曰：读到喜怒俱忘，是大乐境。

陆云士曰：余尝有句云“读《三国志》无人不为刘，读南宋书无人不冤岳”，第人不知怒处亦乐处耳。怒而能乐，惟善读史者知之。

【品读】

读史至怒处，忽反观之，有对自我与人性之悟，此人生之乐趣也。然至高乃使喜怒俱忘，故张竹坡之论真得读史之趣。

奇书与密友

发前人未发之论，方是奇书；言妻子难言之情，乃为密友。

孙恺似曰：前二语是心斋著书本领。

毕右万曰：奇书我却有数种，如人不肯看何。

陆云士曰：《幽梦影》一书，所发者皆未发之论，所言者皆难言之情，欲语羞雷同，可以题赠。

【品读】

著书立说，总要写出真理与真性情，方可谓奇书。而在古代中国，"言妻子难言之情"为密友的标准，应该说是一个比较有意思的话题。

所谓密友

一介之士，必有密友，密友不必定是刎颈之交①。

大率虽千百里之遥，皆可相信，而不为浮言所动，闻有谤之者，即多方为之辩析而后已。

事之宜行宜止者，代为筹划决断，或事当利害关头，有所需而后济者，即不必与闻，亦不虑其负我与否，竟为力承其事。

此皆所谓密友也。

殷日戒曰：后段更见恳切周详，可以想见其为人矣。

石天外曰：如此密友，人生能得几人，仆愿心斋先生当之。

【注释】

①刎颈之交：生死与共的朋友。《史记·廉颇蔺相如列传》："卒相与欢，为刎颈之交。"

【品读】

所谓推心置腹，忧乐与共，乐于为朋友承担而不辞万难，其密友乎！

风流自赏

风流自赏，只容花鸟趋陪。真率谁知，合受烟霞供养。

江含徵曰：东坡有云："当此之时，若有所思，而无所思。"

【品读】

真人无须外赏，高古何用人知。故真人真性，是人间至难，当自然之机，合与天地游，此道家任运之趣。

名心美酒

万事可忘，难忘者名心一段；千般易淡，未淡者美酒三杯。

张竹坡曰：是闻鸡起舞[①]，酒后耳热气象[②]。

王丹麓曰：予性不耐饮，美酒亦易淡，所最难忘者，名耳。

陆云士曰：惟恐不好名，丹麓此言，具见真处。

【注释】

①闻鸡起舞：《晋书·祖逖传》载：祖逖与刘琨同寝，半夜听到鸡鸣，就一同起而舞剑操练。后用以比喻志士奋发之情。

②酒后耳热：汉杨恽《报孙会宗书》："田家作苦，岁时伏腊、烹羊炰羔，斗酒自劳。……酒后耳热，仰天拊缶，而呼乌乌。"

【品读】

可见得"名"之一字，于古人也千难万难。此"名"之一字，是人类共性，实则"我执"。

芰荷可食亦可衣

芰荷可食，而亦可衣[①]；金石可器，而亦可服。

张竹坡曰：然后知濂溪不过为衣食计耳。

王司直曰：今之为衣食计者，果似濂溪否？

【注释】

①芰(jì)荷：菱叶。芰，即菱角。屈原《离骚》："制芰荷以为衣兮，集芙蓉以为裳。"

【品读】

率尔忘衣忘食，于古人也难。而濂溪爱莲之说，原不为衣食，今之为衣食计者，不如濂溪之雅。

耳目之宜

宜于耳复宜于目者，弹琴也，吹箫也；宜于耳不宜于目者，歌笙也，擪管也[①]。

李圣许曰：宜于目不宜于耳者，狮子吼之美妇人也[②]，不宜于目并不宜于耳者，面目可憎，语言无味之纨绔子也。

庞天池曰：宜于耳复宜于目者，巧言令色也。

【注释】

①擪(yè)：以指按捺。

②狮子吼：宋陈慥妻柳氏，性悍妒。苏轼曾以诗戏慥："忽闻河东狮子吼，拄杖落手心茫然。"河东为柳姓郡望，狮子吼，佛家以喻威严。陈好谈佛，故苏轼以佛家语为戏。后即以河东狮吼称悍妇发怒。

【品读】

耳目之所宜，率皆美好之物，而古人将河东狮吼之女归之耳目之所不宜，此见古今一理。

妆前妆后

看晓妆宜于傅粉之后。

余淡心曰：看晚妆，不知心斋以为宜于何时。

周冰持曰：不可说，不可说。

黄交三曰：水晶帘下看梳头，不知尔时曾傅粉否。

庞天池曰：看残妆，宜于微醉后，然眼花撩乱矣。

【品读】

将女性视为欣赏、审美对象，与仅将女性视为玩物，毕竟进步一层。但是友人们一起来讨论这话题，就难免滑到趣味不高的套路中了。

无缘得见相思者

我不知我之生前，当春秋之季，曾一识西施否？当典午之时，曾一看卫玠否[①]？当义熙之世[②]，曾一醉渊明否？当天宝之代[③]，曾一睹太真否？当元丰之朝[④]，曾一晤东坡否？千古之上，相思者不止此数人，而此数人则其尤甚者，故姑举之，以概其余也。

杨圣藻曰：君前生曾与诸君周旋，亦未可知，但今生忘之耳。

纪伯紫曰：君之前生，或竟是渊明、东坡诸人，亦未可知。

王名友曰：不特此也，心斋自云：愿来生为绝代佳人。又安知西施、太真，不即为其前生耶？

郑破水曰：赞叹爱慕，千古一情，美人不必为妻妾，名士不必为朋友，又何必问之前生也耶？心斋真情痴也。

陆云士曰：余尝有诗曰："自昔闻佛言，人有轮回事，前生为古人，不知何姓氏，或览青史中，若与他人遇。"竟与心斋同情，然大逊其奇快。

【注释】

①典午：晋朝的代称。典，掌官，和司同义；午，在十二属中是马，故典午即司马的隐语。晋代的统治者姓司马。卫玠：字叔宝，晋美男子，有玉人之称。人久闻其名，观者如堵。不堪其喧，发病而死。时人谓"看杀卫玠"。

②义熙：晋安帝年号。

③大宝：唐玄宗年号。

④元丰：宋神宗年号。

【品读】

世世轮回，而某一世与名士美人为知己，乃人生一大快事。穿越时空去结识心仪的人，有这种幻想的人想必很多。张潮在此提出一份他心仪的人物名单，天马行空地想象，而这些人物，均为才子佳人，其价值取向可知。

茫茫宇宙向谁问

我又不知在隆万时[1]，曾于旧院中交几名妓？眉公、伯虎、若士、赤水诸君[2]，曾共我谈笑几回？茫茫宇宙，我今当向谁问之耶？

江含徵曰：死者有知，则良晤匪遥，如各化为异物[3]，吾未如之何也已。

顾天石曰：具此襟怀，百年后当有恨不与心斋周旋者，则吾幸矣。

【注释】

①隆万：隆，指明穆宗年号隆庆；万，指明神宗年号万历。

②眉公：即陈继儒。见本书《岩栖幽事》作者小传。伯虎：即唐寅。若士：即汤显祖。赤水：即屠隆。

③异物：指鬼。即死去的意思。

【品读】

与古之名士、名妓精神遥相呼应，其实无惧于轮回。遥思与眉公、伯虎、若士、赤水诸君共谈笑，其情其景足可慰心。张潮对人物的取舍品评标准，可见一斑。

锦绣文章

文章是有字句之锦绣，锦绣是无字句之文章，两者同出于一原。姑即粗迹论之，如金陵、如武林、如姑苏①，书林之所在，即机杼之所在也②。

【注释】

①金陵：即今南京。武林：即今杭州。姑苏：即今苏州。

②机杼：织机。

【品读】

吾人常说锦绣文章，大约文章之华美思致正如锦绣。故锦绣盛处正是文章盛处。

诗家常用之字

予尝集诸法帖字为诗①，字之不复而多者，莫善于《千字文》②。然诗家目前常用之字，犹苦其未备。如天文之烟霞风雪，地理之江山塘岸，时令之春宵晓暮，人物之翁僧渔樵，花木之花柳苔萍，鸟兽之蜂蝶莺燕，宫室之台槛轩窗，器用之舟船壶杖，人事之梦忆愁恨，衣服之裙袖锦绮，饮食之茶浆饮酌，身体之须眉韵态，声色之红绿香艳，文史之骚赋题吟，数目之一三双半，皆无其字。《千字文》且然，况其他乎？

黄仙裳曰：山来此种诗，竟似为我而设。

顾天石曰：使其皆备，则《千字文》不为奇矣。吾尝于千字之外，另集千字而已不可复得，更奇。

【注释】

①法帖：名家书法的拓本或印本。

②《千字文》：南朝梁武帝命周兴嗣用一千个不同的字编写的小册子。四字一名，对偶押韵。

【品读】

《千字文》至今流传不衰，作为一部比较理想的蒙学读本和书法汇编，作者对《千字文》颇为推许。但就是这样一本书，很多字“犹苦其未备”，难称完美。张潮对事物常抱完美理想，对他来说，这实在是种难以弥补的缺撼。

花不可见其落

花不可见其落，月不可见其沉，美人不可见其夭。

朱其恭曰：君言谬矣，洵如所云，则美人必见其发白齿豁而后快耶？

【品读】

物之美处，正当其盛时，故宁见美人之夭而避见其老。故朱其恭不悟张潮之意。

种花须见其开

种花须见其开，待月须见其满，著书须见其成，美人须见其畅适，方有实际，否则皆为虚设。

王璞庵曰：此条与上条互相发明，盖曰花不可见其落耳，必须见其开也。

【品读】

本条是承上一条的意思而来的。观花观月须趁其盛圆之时。何观其衰朽之貌？花月与美人，正当其盛时，正生命力勃发之时。

恨不见古人

惠施多方，其书五车[①]，虞卿以穷愁著书[②]。今皆不传，不知书中果作何语？我不见古人，安得不恨！

王仔园曰：想亦与《幽梦影》相类耳。

顾天石曰：古人所读之书，所著之书，若不被秦人烧尽，则奇奇怪怪，可供今人刻画者，知复何限。然如《幽梦影》等书出，不必思古人矣。

庞天池曰：我独恨古人不见心斋。

【注释】

①五车：言书之多。《庄子·天下》："惠施多方，其书五车。"

②虞卿：战国时游说之士，曾为赵之上卿，故称虞卿，后到魏，困顿中著成《虞氏春秋》，其书佚失不传。

【品读】

中国古书，旨趣无限，秦火后多不传，此文化的一大损失，今《幽梦影》出，此亦小补。

玩月之法

玩月之法，皎洁则宜仰观，朦胧则宜俯视。

孔东塘曰：深得玩月三昧[①]。

【注释】

①三昧：奥妙、诀窍。

【品读】

皎月可仰观，朦胧之月可俯视，只有心包太虚，量周沙界，方可俯视朦胧之月。

孩童亦辨甘苦

孩提之童，一无所知。目不能辨美恶，耳不能判清浊，鼻不能别香臭。至若味之甘苦，则不第知之[①]，且能取之弃之。告子以甘食、悦色为性[②]，殆指此类耳。

【注释】

①不第：不但。

②告子：名不害，战国时人，曾与孟子辩论性理问题，认为人性无善

恶之分，像喜欢好吃的东西和美色，这就是人性。

【品读】

正以孩童不辨善恶，取其真性情。告子性无善恶论表明中国古典哲学达到的至高境界。

读书不可不刻

凡事不宜刻，若读书则不可不刻[①]；凡事不宜贪，若买书则不可不贪；凡事不宜痴，若行善则不可不痴。

余淡心曰：读书不可不刻[②]，请去一读字，移以赠我何如？

张竹坡曰：我为刻书累，请并去一不字。

杨圣藻曰：行善不痴，是邀名矣。

【注释】

①前一"刻"作"刻薄"讲，后一"刻"作"刻苦"讲。

②这句将"读"字去掉，"刻"字即变成刻板、印书之意。

【品读】

读书养智，行善养德，这正是古人做功夫的地方。

好之有度

酒可好不可骂座，色可好不可伤生，财可好不可昧心，气可好不可越理。

袁中江曰：如灌夫使酒[①]，文园病肺[②]，昨夜南塘一出[③]，马上挟章台柳归[④]，亦自无妨，觉愈见英雄本色也。

【注释】

①灌夫使酒:《史记·魏其武安侯列传》:"灌夫为人刚直,使酒不好面谀。"因酒后触犯武安侯田蚡,被蚡弹劾,全家遭诛。使酒,酗酒任性。

②文园:指汉司马相如,字长卿,因曾任孝文园令而称文园。工文词,其赋作影响很大。景帝时为武骑常侍,因病免官,在四川与卓王孙的寡女文君结婚,终以病殁。

③昨夜南塘一出:事见《世说新语·任诞》,东晋祖逖的部下曾在夜间去南塘一带抢劫财物,有人问祖逖这些东西是从哪里来的,他说:"昨夜复南塘一出。"

④章台柳:唐许尧佐《柳氏传》记述:唐韩翃有姬柳氏,遇安史之乱,两人失散,柳出家为尼,韩为平卢节度使侯希逸书记,托人赠诗柳氏:"章台柳,章台柳,昔日青青今在否?纵使长条似旧垂,亦应攀折他人手。"后柳被蕃将沙吒利所劫,翃请虞侯许俊以计夺还。

【品读】

可见得好酒任性、好色伤身等事在不同语境中也有不同理解。可见中国古人对酒色财气的理解较为宽容。

清闲可以当寿考

文名可以当科第,俭德可以当货财,清闲可以当寿考。

聂晋人曰:若名人而登甲第①,富翁而不骄奢,寿翁而又清闲,便是蓬台三岛中人也。

范汝受曰:此亦是贫贱文人无所事事自为慰藉云耳。恐亦无实在受用处也。

曾青藜曰:"无事此静坐,一日似两日,若活七十年,便是百四十。"此是清闲当寿考注脚。

石天外曰:得老子退一步法。

顾天石曰：予生平喜游，每逢佳山水，辄留连不去，亦自谓可当园亭之乐，质之心斋，以为然否？

【注释】

①甲第：科举考试得第一等。

【品读】

重文名、重俭德、重清闲，有闲情游赏山水，此古人之至乐。

尚友古人

不独诵其诗读其书，是尚友古人，即观其字画，亦足尚友古人处。

张竹坡曰：能友字画中之古人，则九原皆为之感泣矣①。

【注释】

①九原：山名，也作"九京"，在山西新绛县北，春秋时晋卿大夫的墓地在九原，后因称墓地为九原。

【品读】

诵其诗，读其书，与古人进行精神交流；观古人字画，也是与古人进行精神交流。所以，观字画是"尚友古人处"。在诗画中领悟古人，即时越千载，何憾乎无知音！

无益之诗文

无益之施舍，莫过于斋僧；无益之诗文，莫甚于祝寿。

张竹坡曰：无益之心思，莫过于忧贫；无益之学问，莫过于务名。

殷简堂曰：若诗文有笔资，亦未尝不可。

庞天池曰：有益之施舍，莫过于多送吾《幽梦影》几本。

【品读】

有益无益之事，古人均有尺度。但张潮“无益之施舍，莫过于斋僧”之论，可见其对佛法的隔膜。

钱多不如境顺

妾美不如妻贤，钱多不如境顺。

张竹坡曰：此所谓竿头欲进步者，然妻不贤安用妾美，钱不多那得境顺。

张迂庵曰：此盖谓二者不可得兼，舍一而取一者也。又曰：世固有钱多而境不顺者。

【品读】

此隐言妾美妻贤、钱多境顺，方为圆满人生。张竹坡之论深得张潮之意。

读生书不若温旧业

创新庵不若修古庙，读生书不若温旧业。

张竹坡曰：是真会读书者，是真读过万卷书者，是真一书曾读过数遍者。

顾天石曰：惟《左传》、《楚词》、马、班、杜、韩之诗文及《水浒》、《西厢》、《还魂》等书，虽读百遍不厌，此外皆不耐温者矣，奈何？

王安节曰：今世建生祠[①]，又不若创茅庵。

【注释】

①生祠：为活着的人所立的祠庙。

【品读】

旧书百读不厌，创生祠所为若何？建一座新的小庙，比重修一座旧庙工程大，花费多，不如舍此而取彼。温习已学过的内容，比学习新内容可能效果更好，这是作者的切身体会吧！

字画同出一原

字与画同出一原，观六书始于象形，则可知已[①]。

江含徵曰：有不可画之字，不得不用六法也[②]。

张竹坡曰：千古人未经道破，却一口拈出。

【注释】

①六书：汉代学者总结的六种造字方法，始见于《汉书·艺文志》，即象形、指事、会意、形声、转注、假借。

②六法：即六书。

【品读】

字画同源，古人一语道破天机。六书中的象形，是汉字构字法的基础，也是绘画的旁源。

忙人园亭近住宅

忙人园亭，宜与住宅相连；闲人园亭，不妨与住宅相远。

张竹坡曰：真闲人，必以园亭为住宅。

【品读】

以住宅为园庭，以园庭为住宅，此中可见贫富分野。张竹坡之“真闲人，必以园亭为住宅”，此中有真见。

酒可以当茶

酒可以当茶，茶不可以当酒；诗可以当文，文不可以当诗；曲可以当词，词不可以当曲；月可以当灯，灯不可以当月；笔可以当口，口不可以当笔；婢可以当奴，奴不可以当婢。

江含徵曰：婢当奴则太亲，吾恐忽闻河东狮子吼耳。

周星远曰：奴亦有可以当婢处，但未免稍逊耳。近时士大夫，往往耽此癖①。吾辈驰骛之流，盗此虚名，亦欲效颦相尚，滔滔者天下皆是也②。心斋岂未识其故乎？

张竹坡曰：婢可以当奴者，有奴之所有者也，奴不可以当婢者，有婢之所同有，无婢之所独有者也。

弟木山曰：兄于饮食之顷，恐月不可以当灯。

余湘客曰：以奴当婢，小姐权时落后也。

宋子发曰：惟帝王家不妨以奴当婢，盖以有阉割法也。每见人家奴子出入主母卧房，亦殊可虑。

【注释】

①此癖：这种爱好。这里指以娈童供淫欲。

②滔滔者天下皆是也：语出《论语·微子》，形容众多。

【品读】

一般而言，茶酒、诗文、词曲、奴婢等只有在各自适当的位置上谊其身份显其真正的价值,越位则乱。

世间不平以剑消

胸中小不平,可以酒消之;世间大不平,非剑不能消也。

周星远曰:看剑引杯长,一切不平,皆破除矣。

张竹坡曰:此平世的剑术,非隐娘辈所知[①]。

张迂庵曰:苍苍者未必肯以太阿假人[②],似不能代作空空儿也[③]。

尤悔庵曰:龙泉太阿,汝知我者[④],岂止苏子美以一斗读《汉书》耶[⑤]?

【注释】

①隐娘:即聂隐娘,唐传奇中的女侠。精于剑术,刺人百发百中而人不觉。事见《太平广记》所载裴铏《聂隐娘传》。

②太阿:古宝剑名,也作"泰阿"。相传春秋时,楚王命欧冶子、干将铸龙渊、泰阿、上布三剑。楚王持泰阿剑率众击破敌军。后也用作宝剑的通称。

③空空儿:唐传奇中的剑侠,奉命行刺时,中聂隐娘之计,遂自己隐去。后来俗称窃贼为妙手空空儿。

④龙泉太阿,汝知我者:宋王彦深语。王精剑术,未仕时被人所轻,抚剑作是语。

⑤苏子美以一斗读《汉书》:苏舜钦,字子美,宋代诗人。他曾边读《汉书》,边喝酒,每读到得意处,即饮一大杯。一晚辄饮酒一斗。

【品读】

酒消胸中之气,剑消世间不平。但作者也认识到,世间权柄不可假于非人之手。

动口不动笔

不得已而谀之者，宁以口，毋以笔；不可耐而骂之者，亦宁以口，毋以笔。

张豹人曰：但恐未必能自主耳。

张竹坡曰：上句立品，下句立德。

张迂庵曰：匪惟立德，亦以免祸。

顾天石曰：今人笔不谀人，更无用笔之处矣。心斋不知此苦，还是唐宋以上人耳。

陆云士曰：古《笔铭》曰："毫毛茂茂，陷水可脱，陷文不活。"正此谓也。亦有谀以笔而实讥之者，亦有骂以笔而若誉之者。总以不笔为高。

【品读】

阿谀谄媚或出言相骂，都不是君子所为，这是张潮所不齿的。如果为情境所迫，不得已而谄之、骂之，那最好让它停留在口头的一时层面，如果落实在纸上，就会难免留下后患，自己日后追晦。"怒时不可作书"，也说的是这个理吧！

多情者必好色

多情者必好色，而好色者未必尽属多情；红颜者必薄命，而薄命者未必尽属红颜；能诗者必好酒，而好酒者未必尽属能诗。

张竹坡曰：情起于色者，则好色也，非情也。祸起于颜色者，则薄命在红颜，否则亦止曰命而已矣。

洪秋士曰：世亦有能诗而不好酒者。

【品读】

多情与好色，红颜与薄命，诸人辩之幽微。自来诗酒、情色相关，能辩至微者乃为真人。

梅令人高

梅令人高，兰令人幽，菊令人野，莲令人淡，春海棠令人艳，牡丹令人豪，蕉与竹令人韵，秋海棠令人媚，松令人逸，桐令人清，柳令人感。

张竹坡曰：美人令众卉皆香，名士令群芳俱舞。

尤谨庸曰：读之惊才绝艳，堪采入《群芳谱》中。

【品读】

张潮对插花艺术和植物栽种颇有心得，面对种种各具其美的植物，浮想联翩，一一品评。正如尤谨庸所云：读之惊才绝艳，堪采入《群芳谱》中。

清高亦应识时务

涉猎虽曰无用，犹胜于不通古今；清高固然可嘉，莫流于不识时务。

黄交三曰：南阳抱膝时，原非清高者可比。

江含徵曰:此是心斋经济语。

张竹坡曰:不合时宜,则可;不达时务,奚其可?

尤悔庵曰:名言名言。

【品读】

明清时期读书人多教只注重科举课业,喜好四书五经,却连《史记》这样的史书都不读,对历史和现实都缺乏了解。张潮对这类人自然评价不高。而另一类他不大看得上的人物,便是自命清高,不识时务的人士。

所谓美人

所谓美人者,以花为貌,以鸟为声,以月为神,以柳为态,以玉为骨,以冰雪为肤,以秋水为姿,以诗词为心,吾无间然矣①。

冒辟疆曰:合古今灵秀之气,庶几铸此一人。

江含徵曰:还要有松蘖之操才好。

黄交三曰:论美人而曰以诗词为心,真是闻所未闻。

【注释】

①吾无间然矣:语出《论语·泰伯》:"禹,吾无间然矣。"无间,细微之处,这里是说无可挑剔。

【品读】

此亦可作人品之喻。张潮之论可谓至论,黄交三不解张潮之意。大约美人而有诗意,外惠内秀,内外皆美。当然,这是作者理想中的美人,其形象很抽象,有些高不可攀。

蝇蚊观点

蝇集人面，蚊嘬人肤，不知以人为何物？

陈康畴曰：应是头陀转世，意中但求布施也。

释菌人曰：不堪道破。

张竹坡曰：此《南华》精髓也[①]。

尤悔庵曰：正以人之血肉，只堪供蝇蚊咀嚼耳，以吾视之，人也；自蝇蚊视之，何异腥膻臭腐乎？

陆云士曰：集人面者，非蝇而蝇；嘬人肤者，非蚊而蚊。明知其为人也，而集之嘬之，更不知其以人为何物？

【注释】

①《南华》：即《庄子》，唐天宝元年二月尊庄子为南华真人，始称他所著书为《南华真经》。

【品读】

观天下万物，物种不同而其意各别，盖意趣不同尔。故物随其意趣，各有所趋。

有乐而不知享

有山林隐逸之乐而不知享者，渔樵也、农圃也、缁黄也[①]；有园亭姬妾之乐而不能享、不善享者，富商也、大僚也。

弟木山曰：有山珍海错而不能享者，庖人也；有牙签玉轴而不能读者[②]，蠹鱼也，书贾也。

【注释】

①缁黄：僧人缁服，道士黄冠，合称缁黄，代指僧道。

②牙签玉轴：牙签，象牙制的图书标签；玉轴，玉制成的图书卷轴。这里指图书。

【品读】

身处其境而昧于境，此人之通病。而对至远之物，往往能知其妙，知远物而昧于近境，此禅宗所谓“灯下黑”。

物各有偶

黎举云：“欲令梅聘海棠，枨子(想是橙)臣樱桃，以芥嫁笋，但时不同耳。”予谓物各有偶，儗必于伦[①]。今之嫁娶，殊觉未当。如梅之为物，品最清高；棠之为物，姿极妖艳。即使同时，亦不可为夫妇。不若梅聘梨花，海棠嫁杏，橼臣佛手，荔枝臣樱桃，秋海棠嫁雁来红，庶几相称耳。至若以芥嫁笋，笋如有知，必受河东狮子之累矣。

弟木山曰：余尝以芍药为牡丹后，因作贺表一通。兄曾云：但恐芍药未必肯耳。

石天外曰：花神有知，当以花果数升。谢蹇修矣[②]。

姜学在曰：雁来红做新郎，真个是老少年也。

【注释】

①儗(nǐ)必于伦：儗，比拟；伦，同类。《礼记·曲礼下》：“儗人必于其伦。”

②蹇(jiǎn)修：屈原《离骚》：“吾求蹇修以为理。”蹇修，伏羲之臣，这里是说请蹇修为媒。后称媒人为蹇修。

【品读】

物各有当，君臣嫁娶之说，通过互相映衬，能使各花之美充分显现。

惟黑与白无太过

五色有太过，有不及，惟黑与白无太过。

杜茶村曰：君独不闻唐有李太白乎？

江含徵曰：又不闻元之又元乎[1]？

尤悔庵曰：知此道者，其惟奕乎，老子曰："知其白，守其黑。"

【注释】

①元：即玄，清代避康熙帝玄烨讳，改玄为元，玄为黑色。语出《老子》："玄之又玄，众妙之门。"

【品读】

黑白于五色无论浅淡深玄，最是分明，余色间有可杂处，此可见张潮识色至深，追求中和之美的特点。

人生快意事

阅《水浒传》，至鲁达打镇关西、武松打虎，因思人生必有一桩极快意事，方不枉在生一场。即不能有其事，亦须著得一种得意之书，庶几无憾耳。（如李太白有贵妃捧砚事[1]，司马相如有文君当垆事[2]，严子陵有足加帝腹事[3]，王之焕、王昌龄有旗亭画壁事[4]，王子安有顺风过江作《滕王阁序》事之类[5]。）

张竹坡曰：此等事，必须无意中方做得来。

陆云士曰：心斋所著得意之书颇多，不止一打快活林，一打景阳岗，称快意矣。

弟木山曰：兄若打中山狼[6]，更极快意。

【注释】

①贵妃捧砚：李白酒醉后奉旨作诗，向玄宗要求让杨贵妃捧砚，高力士脱靴，“取笔抒思，略不停辍，十篇立就，更无加点，笔迹遒利，凤踌龙拿，律度对偶无不精绝”。

②文君当垆：《史记·司马相如列传》：“文君夜亡奔相如，相如乃与驰归成都。家居徒四壁立……相如与俱之临邛，卖尽其车骑，买一酒舍酤酒，而令文君当垆。”

③足加帝腹：《后汉书·逸民传》载：汉光武帝刘秀即位后，与严子陵叙旧，“因共偃卧，光以足加帝腹上。明日，太史奏‘客星犯御座甚急。’帝笑曰：‘朕故人严子陵共卧耳。’”

④旗亭画壁：据薛用弱《集异记》，王之涣与高适、王昌龄同饮于旗亭（酒楼），有几个歌妓陆续来到，三人私下约定，歌妓所唱，若为已诗，各画壁记之。

⑤《滕王阁序》：唐王勃（字子安）的文章。王勃到交趾省父，夜梦水神告诉他将“助风一帆”，到达南昌时，正值洪州刺史阎伯屿重修滕王阁成，在阁设宴，意欲其婿作序，王勃不知其意，未加推辞即作序，中有“落霞与孤鹜齐飞，秋水共长天一色”之句，阎叹服。

⑥中山狼：明马中锡《中山狼传》载，东郭先生救了中山狼，狼却要吃东郭先生。后以中山狼喻负义之人。

【品读】

人生均有快意事，文人与武士之快各有不同，本条所列举的几件事，都是文人快意，得意的韵事佳话。由此可见作者的价值取向。

春风如酒

春风如酒，夏风如茗，秋风如烟，冬风如姜芥。

许筠庵曰：所以秋风客气味狠辣[①]。

张竹坡曰：安得东风夜夜来。

【注释】

①秋风客：找上门来求资助的人。

【品读】

以四季之风比之烟酒茗茶，表明张潮对时间变化的体验与生活的感性关联起来，别有一种生趣。

冰裂纹宜细

冰裂纹极雅[①]，然宜细，不宜肥，若以之作窗栏，殊不耐观也。（冰裂纹须分大小，先作大冰裂，再于每大块之中，作小冰裂，方佳。）

江含徵曰：此便是哥窑纹也[②]。

靳熊封曰："一片冰心在玉壶"[③]，可以移赠。

【注释】

①冰裂纹：亦称"开片"，陶瓷釉面裂纹形同冰裂，故名。

②哥窑：宋代五大名窑之一。制品多仿三代铜器式样，釉开片形如冰裂，纹片呈黄黑二色，因有金丝铁线之称。

③一片冰心在玉壶：唐王昌龄诗曰："洛阳亲友如相问，一片冰心在玉壶"。

【品读】

张潮博学雅趣，审陶艺亦见其雅。此种见识大约只能博观五窑，经悉心比较才能审知其微。

鸟声之最佳者

鸟声之最佳者，画眉第一，黄鹂、百舌次之，然黄鹂、百舌，世未有笼而畜之者，其殆高士之俦，可闻而不可屈者耶。

江含徵曰：又有"打起黄莺儿"者[①]，然则亦有时用他不著。

陆云士曰："黄鹂住久浑相识，欲别频啼四五声。"来去有情，正不必笼而畜之也。

【注释】

①打起黄莺儿：唐金昌绪诗句："打起黄莺儿，莫教枝上啼，啼时惊妾梦，不得到辽西。"

【品读】

黄鹂、百舌，取其来去有请，正不必笼而屈之。若从人之所好笼而畜之，正杀物之性。

专务交游必累己

不治生产，其后必致累人；专务交游，其后必致累己。

杨圣藻曰：晨钟夕磬，发人深省。

冒巢民曰：若在我，虽累己累人，亦所不悔。

宗子发曰：累己犹可，若累人则不可矣。

江含徵曰：今之人未必肯受你累，还是自家隐些的好。

【品读】

张潮早年家境富裕，后因爱藏书、刻书，晚年陷入困顿。可见他并非善于治生产。喜爱交游，是他的一大特点。此条所述，有夫子自道之味。

诲淫非识字之过

昔人云:“妇人识字,多致诲淫[①]。”予谓此非识字之过也。盖识字则非无闻主人,其淫也,人易得而知耳。

张竹坡曰:此名士持身不可不加谨也。

李若金曰:贞者识字愈贞,淫者不识字亦淫。

【注释】

①“妇人”二句:见明徐谟《归有园麈谈》:“妇人识字,多致诲淫;俗子通文,终流健讼。”

【品读】

作者对于女性,大多是当作审美对象加以欣赏。谈及女性话题,有时也会流露出庸俗的一面。如李若金所云:贞者识字愈贞,淫者不识字亦淫。此在古人稀见。

山水亦书也

善读书者,无之而非书。山水亦书也,棋酒亦书也,花月亦书也;善游山水者,无之而非山水,书史亦山水也,诗酒亦山水也,花月亦山水也。

陈鹤山曰:此方是真善读书人、善游山水人。

黄交三曰:善于领会者,当作如是观。

江含徵曰:五更卧被时,有无数山水、书籍,在眼前胸中。

陆云士曰:妙舌如环,真慧业文人之语[①]。

【注释】

①慧业:佛教指人生来赋有智慧的业缘。

【品读】

善读书者所读之书,亦非仅纸上文字,除张潮所言之山水、棋酒、花月之外,世间百态亦然。故能读无字之书,方可得惊人妙句;能会难通之解,方可参最上禅机。

园亭之妙在朴素

园亭之妙在邱壑布置,不在雕绘琐屑。往往见人家园亭,屋脊墙头,雕砖镂瓦,非不穷极工巧,然未久即坏,坏后极难修葺,是何如朴素之为佳乎?

江含徵曰:世间最令人神怆者,莫如名园雅墅,一经颓废,风台月榭,埋没荆棘。故昔之贤达,有不欲置别业者①。予尝过琴虞留题名园句有云:"而今绮砌雕栏在,剩与园丁作业钱。"盖伤之也。

弟木山曰:予尝悟作园亭与作光棍二法。园亭之善,在多回廊;光棍之恶,在能结讼。

【注释】

①别业:即别墅。

【品读】

雕琢莫如朴素,人品亦如是。雕琢之过在极细极微,虽极一时之胜,而难于持久、修补,毁坏也易。

邀月言愁

清宵独坐,邀月言愁;良夜孤眠,呼蛩语恨①。

袁士旦曰：令我百端交集。

黄孔植曰：此逆旅无聊之况，心斋亦知之乎？

【注释】

①蛩(qióng)：蟋蟀。

【品读】

清宵独坐，邀月言愁，良夜孤眠，忽闻蛩语，勾起百端心绪，然孤独，自有其充实处。

官声采于舆论

官声采于舆论①，豪右之口与寒乞之口②，俱不得其真。花案定于成心，艳媚之评与寝陋之评③，概恐失其实。

黄九烟曰：先师有言，不如乡人之善者好之，其不善者恶之。

李若金曰：豪右而不讲分上，寒乞而不望推恩者，亦未尝无公论。

倪永清曰：我谓众人唾骂者，其人必有可观。

【注释】

①官声：为官之声名。

②豪右：豪强大族。寒乞，贫困不体面，寒伧。

③寝陋：相貌丑陋。

【品读】

去掉出于身份的成心，自有公论。故“豪右之口与寒乞之口”，“艳媚之评与寝陋之评”，皆不得其真。

胸藏丘壑

胸藏丘壑，城市不异山林；兴寄烟霞，阎浮有如蓬岛[①]。

【注释】

①阎浮：梵语，即阎浮提，指南赡部洲。阎浮，树名，提即“提鞞波”的略称，意译为洲。阎浮提在佛经中指印度。蓬岛，中国传说中的仙山。

【品读】

胸藏丘壑，能领略隐士的山野之趣，则城市与山林并无不同；兴致寄托于山水胜景，则世间便是传说中的仙境。这两句与陶渊明“结庐在人境，而无车马喧。问君何能尔，心远地自偏”，旨趣是相近的。

梧桐为清品

梧桐为植物中清品，而形家独忌之甚[①]，且谓梧桐大如斗，主人往外走，若竟视为不祥之物也者。夫剪桐封弟[②]，其为宫中之桐可知，而卜世最久者[③]，莫过于周。俗言之不足据，类如此夫。

江含徵曰：爱碧梧者，遂艰于白镪[④]，造物盖忌之，故靳之也[⑤]。有何吉凶休咎之可关？只是打秋风时[⑥]，光棍样可厌耳[⑦]。

尤悔庵曰：“梧桐生矣，于彼朝阳。”《诗》言之矣[⑧]。

倪永清曰：心斋为梧桐雪千古之奇冤，百卉俱当九顿[⑨]。

【注释】

①形家：看地相风水的，因其为人选择宅墓，须相度地形，故名。

②剪桐封弟：周成王小时与弟唐叔虞玩耍，剪桐叶为珪相封。当时执政的周公知道这事后，认为天子无戏言，遂封叔虞于晋。详见《史记·晋世家》。

③卜世：用占卜预测传国的世数。

④艰于白镪：穷的意思。白镪，银的别名。

⑤靳：吝惜。

⑥打秋风：旧称拉关系藉口求财叫打秋风。

⑦光棍：这里是穷的意思，为双关语，既指“打秋风”的人，又指秋天桐叶落尽只剩下树枝。

⑧梧桐生矣：语出《诗经·大雅·卷阿》。

⑨九顿：以头叩地的礼节。

【品读】

张潮视“梧桐为植物中清品”，评价甚高，他掾史入论，有凿凿之声，去其伪饰与迷信，为梧桐翻案，有学者求真之意。

性情难移

多情者不以生死易心，好饮者不以寒暑改量，喜读书者不以忙闲作辍。

朱其恭曰：此三言者，皆是心斋自为写照。

王司直曰：我愿饮酒读《离骚》，至死方辍，何如？

【品读】

实诚笃定，在多情、饮酒、读书中都可见出。如朱其恭所云，此或为张潮自为写照。

蛛为蝶之敌国

蛛为蝶之敌国，驴为马之附庸[①]。

周星远曰：妙论解颐，不输晋人危语隐语[②]。

黄交三曰：自开辟以来[③]，未闻有此奇论。

【注释】

①附庸：附属于诸侯的小国。《孟子·万章下》："不能五十里，不达于天子，附于诸侯，曰附庸。"后也称具有依附性的事物。

②不输晋人危语隐语：不输，不亚于。危语，以极危险的事情为谈话资料。《世说新语·排调》记桓玄和殷浩、顾恺之等在一起作危语。玄说："矛头淅米剑头炊。"浩说："百岁老翁攀枯枝。"恺之说："盲人骑瞎马，夜半临深池。"桓玄等为晋时人，故此处说"晋人危语"。隐语，这里指不直述本意而借它词暗示的话。

③开辟：指天地之初开。

【品读】

作者的奇思妙想往往用在一些"无益之事"上，此乃他自得之见。

道学与风流

立品须发乎宋人之道学，涉世须参以晋代之风流[①]。

方宝臣曰：真道学未有不风流者。

张竹坡曰：夫子自道也。

胡静夫曰：予赠金陵前辈赵客庵句云："文章鼎立压骚外，

杖履风流晋宋间。”今当移赠山老。

倪永清曰：等闲地位，却是个双料圣人。

陆云士曰：有不风流之道学，有风流之道学，有不道学之风流，有道学之风流，毫厘千里。

【注释】

①晋代之风流：《晋书·王羲之传附王献之》：“少有盛名，而高迈不羁……风流为一时之冠。”晋代社会崇尚这种才高而不拘礼法的风度。

【品读】

这两句概括了本书整体的一种立论态度，也代表了作者的一种处世态度。虽行事多名士风范，但张潮仍以儒家正统思想为立论、行事基础，其价值观仍不脱孔孟原则。

禽兽草木知人伦

古谓禽兽亦知人伦，予谓匪独禽兽也，即草木亦复有之。牡丹为王，芍药为相①，其君臣也；南山之乔，北山之梓②，其父子也；荆之闻分而枯，闻不分而活③，其兄弟也；莲之并蒂④，其夫妇也；兰之同心⑤，其朋友也。

江含徵曰：纲常伦理，今日几于扫地，合向花木鸟兽中求之。又曰：心斋不喜迂腐，此却有腐气。

【注释】

①牡丹为王，芍药为相：古时无牡丹之名，统称芍药。唐以后才称木芍药为牡丹。旧时品花者称牡丹为花王，芍药为花相。

②乔、梓：《尚书大传·梓材》载，商子以南山之乔木、北山之梓木为喻，教导周公的儿子伯禽、康叔事父之道，商子说“乔者，父道也”“梓者，子道也”。后因以乔梓喻父子。

③荆之闻分而枯，闻不分而活：南朝梁吴均《续齐谐记》载，汉田真

兄弟三人要分家，堂前紫荆树不久就枯死了。后来他们不分家了，紫荆树也复活了。

④莲之并蒂：两花共一蒂的荷花。诗文中常以并蒂比喻夫妇恩爱。

⑤兰之同心：《周易·系辞上》：“二人同心，其利断金。同心之言，其臭如兰。”这里用兰之同心称知心朋友，一般称作兰交。

【品读】

以花之自然比拟五伦，表明中国古代孔孟之道已深入人心，并以科举的形式强行关注到知识分子心中，构成他们观察理解万物的前见。

豪杰易于圣贤

豪杰易于圣贤，文人多于才子。

张竹坡曰：豪杰不能为圣贤，圣贤未有不豪杰，文人才子亦然。

【品读】

然则豪杰亦流于村俗，文人亦多于执拗。故能否为圣贤、为才子，端在心之趣向。

牛马之一仕一隐

牛与马，一仕而一隐也；鹿与豕，一仙而一凡也。

杜茶村曰：田单之火牛[①]，亦曾效力疆场。至马之隐者，则绝无之矣。若武王归马于华山之阳[②]，所谓勒令致仕者也[③]。

张竹坡曰：莫与儿孙作牛马，盖为后人审出处语也。

【注释】

①田单之火牛：田单，战国齐人，齐燕交战时，被举为孤城即墨守将，夜间用火牛阵大破燕将骑劫之军，收复七十余城。

②归马：一作归兽，将马牛放归山野，意谓偃武修文。《尚书·武成序》载，周武王伐纣建立周朝后，将战马放于华山之阳。

③致仕：辞官归居。

【品读】

张潮以一仕一隐喻马牛，深谙世味人生。此亦文化观念深入人心之故。

古今至文

古今至文，皆血泪所成。

吴晴岩曰：山老《清泪痕》一书，细看皆是血泪。

江含徵曰：古今恶文，亦纯是血。

【品读】

古今最优秀的作品，都是作者们呕心沥血的结晶。司马迁《报任安书》说，“大抵皆圣贤发愤之所为作也”“此人皆意有所郁结，不得通其意，故述往事，思来者”。

才情二字

情之一字，所以维持世界；才之一字，所以粉饰乾坤。

吴雨岩曰：世界原从情字生出，有夫妇然后有父子，有父子然后有兄弟，有兄弟然后有朋友，有朋友然后有君臣。

释中洲曰：情与才缺一不可。

【品读】

张潮重视人的“情”和“才”两方面，将情、才提高到“维持世界”“粉饰乾坤”的高度。

儒释之别

孔子生于东鲁，东者生方，故礼乐文章，其道皆自无而有；释迦生于西方[①]，西者死地，故受想行识，其教皆自有而无。

吴街南曰：佛游东土，佛入生方，人望西天，岂知是寻死地？呜呼！西方之人兮，之死靡他。

殷日戒曰：孔子只勉人生时用功，佛氏只教人死时作主，各自一意。

倪永清曰：盘古生于天心，故其人在不有不无之间。

【注释】

①释迦：释迦牟尼的略称，佛教始祖。族姓释迦。

【品读】

张潮抓住“孔子生于东鲁”“释迦生于西方”这两个不无勉强的前提，由此展开一系列推衍。圣人化世，随应而有，岂因方位而定其意趣！故最好是视其为游戏文字。

有青山方有绿水

有青山方有绿水，水惟借色于山；有美酒便有佳诗，诗亦乞灵于酒。

李圣许曰：有青山绿水，乃可酌美酒而咏佳诗，是诗酒又发端于山水也。

【品读】

盖山水诗酒，互相感发，莫可寻其端源。佛法所谓“心生种种法生，法生种种心生”之意。

讲学者

严君平以卜讲学者也①，孙思邈以医讲学者也②，诸葛武侯以出师讲学者③。

殷日戒曰：心斋殆又以《幽梦影》讲学者耶。

戴田友曰：如此讲学，才可称道学先生。

【注释】

①严君平：即严遵，字君平，汉蜀郡人。在成都为人卜筮，所得收入够一天的生活费就收摊关门读《老子》。扬雄少年时曾从其学习。

②孙思邈。钻研诸子百家，精于医药，善讲老庄。著有《千金方》。

③诸葛武侯：即诸葛亮，字孔明，封武乡侯。多次出师伐魏。

【品读】

学者各有其术以安性命，复以其学以辅世，故严君平以卜筮说法，孙思邈以医显，武侯以辅国政，这三个人正是以躬行来讲学的代表人物。

镜不幸而遇嫫母

镜不幸而遇嫫母①，砚不幸而遇俗子，剑不幸而遇庸将，皆无可奈何之事。

杨圣藻曰：凡不幸者，皆可以此概也。

闵宾连曰：心斋案头无一佳砚，然诗文绝无一点尘俗气，此又砚之大幸也。

曹冲谷曰：最无可奈何者，佳人定随痴汉。

【注释】

①嫫母：古代传说中的丑妇。

【品读】

镜子可以照人的形象，可以照出美人，但不幸遇到了嫫母。砚台可以研磨写字，如果遇到书法家用它，自然可以随之声名鹊起，但不幸遇到了俗子；宝剑如果是武功高强的人得到，可以凭此建功立业，但不幸遇到了庸将，这都是无可奈何的事啊！

有书必当读

天下无书则已，有则必当读：无酒则已，有则必当饮；无名山则已，有则必当游；无花月则已，有则必当赏玩；无才子佳人则已，有则必当爱慕怜惜。

弟木山曰：谈何容易，即我家黄山，几能得一到耶。

【品读】

诗酒、山水、花月、才子佳人，俱有其极妙，或则不遇，遇必怜惜。对于崇尚生活情趣的张潮来说，书、酒、名山、花月，才子佳人都是他的亲近对象和保护对象。

岂甘作鸦鸣牛喘

秋虫春鸟，尚能调声弄舌，时吐好音。我辈搦管拈毫[①]，岂可甘作鸦鸣牛喘②。

吴菌次曰：牛若不喘，宰相安肯问之②？

张竹坡曰：宰相不问科律，而问牛喘，真是文章司命③。

倪永清曰：世皆以鸦鸣牛喘为凤歌鸾唱，奈何？

【注释】

①搦（nuò）管拈毫：执笔写作。搦，握持。

②牛喘：《汉书·丙吉传》载：汉宣帝时，丙吉为相，一天外出，见有人赶着一头牛，牛喘气吐舌，吉遂询问牛行几里。有人认为牛喘乃琐事，丙吉说："方春，少阳用事，未可太热，恐牛近行，用暑故喘；此时气失节，恐有所伤害也。三公典调和阴阳，职当忧，是以问之。"后即以"问牛"为官吏关心民间疾苦的典故。

③司命：星名。即文昌第四星，亦称少司命。《史记·天官书》索隐："司命，主灾咎。"

【品读】

立德、立功、立言，此之谓三不朽，古代士子奉为人生圭臬，处在士子的身份地位，最上立德，其次立功，最下立言，故搦管拈毫，言为世则，是基本要求，是他们心中紧迫的使命感。

镜而有知

媸颜陋质①，不与镜为仇者，亦以镜为无知之死物耳。使镜而有知，必遭扑破矣。

江含徵曰：镜而有知，遇若辈早已回避矣。

张竹坡曰：镜而有知，必当作媸为妍。

【注释】

①媸(chī)颜陋质：容貌丑陋。媸，丑，与“妍”相对。

【品读】

人当经常反思，贵在自知。

百忍之背后

吾家公艺，恃百忍以同居①，千古传为美谈。殊不知忍而至于百，则其家庭乖戾睽隔之处②，正未易更仆数也③。

江含徵曰：然除了一忍，更无别法。

顾天石曰：心斋此论，先得我心，忍以治家可耳，奈何进之高宗，使忍以养成武氏之祸哉④。

倪永清曰：若用忍字，则百犹嫌少，否则以剑字处之足矣。或曰：出家二字足以处之。

王安节曰：惟其乖戾睽隔，是以要忍。

【注释】

①公艺：张公艺。九世同居，高宗问缘故，他写一百多个忍字回答。

②乖戾睽隔：相违，分离。睽(kuí)，乖离。

③仆数：几个人轮番数计。

④武氏：指武则天。

【品读】

数世同堂，家庭和睦，乃至于社区、社会、国家和谐，都在于克己守礼，用一“忍”字。其间固有殊为不耐之处，但舍此将用何法？

割股庐墓不可法

九世同居，诚为盛事，然止当与割股庐墓者作一例看①，可以为难矣，不可以为法也，以其非中庸之道也。

洪去芜曰：古人原有父子异宫之说。

沈契掌曰：必居天下之广居而后可。

【注释】

①割股：割下股肉为父母治病，这在封建社会被认为是至孝。庐墓：古礼遇父母尊长去世，就墓旁筑小屋居住，称为庐墓。

【品读】

九世同堂，割股疗亲，此儒家亲之极致，张潮认为不合中庸，也不提倡。

作文之法

作文之法，意之曲折者，宜写之以显浅之词；理之显浅者，宜运之以曲折之笔。题之熟者，参之以新奇之想；题之庸者，深之以关系之论。至于窘者舒之使长，缛者删之使简，俚者文之使雅，闹者摄之使静，皆所谓裁制也。

陈康畴曰：深得作文三昧语。

张竹坡曰：所谓节制之师。

王丹麓曰：文家秘旨，和盘托出，有功作者不浅。

【品读】

身为文人，华者当然不愿作"鸦鸣牛喘"之文。可见古代士子虽受八股时艺之制，但写作的创造性思维并没有完全扼杀。

尤　物

笋为蔬中尤物①，荔枝为果中尤物，蟹为水族中尤物，酒为饮食中尤物，月为天文中尤物，西湖为山水中尤物，词曲为文字中尤物。

张南村曰：《幽梦影》可为书中尤物。

陈在山曰：此一则，又为《幽梦影》中尤物。

【注释】

①尤物：特出的人物或珍贵的物品。

【品读】

美人是尤物，而华者又将尤物的概念扩开去，于是就有了笋、荔枝、蟹、酒、月、西湖、词曲等尤物。这些都是他“护惜倍有深情”之物。

解语花

买得一本好花，犹且爱护而怜惜之，矧其为解语在乎[①]？

周星远曰：性至之语，自是君身有仙骨，世人那得知其故耶？

石天外曰：此一副心，令我念佛数声。

李若金曰：花能解语而落于粗恶武夫，或遭狮吼戕贼，虽欲爱护何可得？

王司直曰：此言是恻隐之心，即是是非之心。

【注释】

①矧(shěn)：况且。

【品读】

“以爱花之心爱美人，则领略自饶别趣；以爱美人之心爱花，则护惜倍有深情”，张潮似乎对美人与花有同样的深情。但两相比较，他更护惜号称“解语花”的美人。

观物识人

观手中便面[①]，足以知其人之雅俗，足以识其人之交游[②]。

李圣许曰：今人以笔资丐名人书画，名人何尝与之交游，吾知其手中便面虽雅，而其人则俗甚也。心斋此条，犹非定论。

毕嵎谷曰：人苟肯以笔资丐名人书画，则其人犹有雅道存焉，世固有并不爱此道者。

钱目天曰：二语皆然。

【注释】

①便面：用来遮面的扇状物。后来也称团扇、折扇为便面。

②交游：往来的朋友。古人扇面上多有朋友所作诗画，所以观扇而知其交游。

【品读】

从日常用具中观人品，此古人识人之道。手中把玩的扇子也成为了解其人的小道具。因为扇面上一题有字画，由此便知其人艺术品味如何；如果这字画是该人朋友所题写，也可知其人交游情况。了解此人所交往的朋友，也就大致知道其人品位与为人。

水火有情

水为至污之所会归，火为至污之所不到。若变不洁为至洁，则水火皆然。

江含徵曰：世间之物，宜投诸水火者不少，盖喜其变也。

【品读】

水、火这两种常见的自然现象也成为作者观察思考的对象，他惊喜地发现，表现上看起来性质截然相反的东西，实际上也有相通之处。水火均有净化之能，变不洁为至洁。

貌有丑而可观者

貌有丑而可观者，有虽不丑而不足观者；文有不通而可爱者，有虽通而极可厌者。此未易与浅人道也。

陈康畴曰：相马于牝牡骊黄之外者[①]，得之矣。

李若金曰：究竟可观者必有奇怪处，可爱者必无大不通。

梅雪坪曰：虽通而可厌，便可谓之不通。

【注释】

①牝牡骊黄：《淮南子·道应训》："（秦穆公）使之（九方堙）求马，三月而反，报曰：'已得马矣，在于沙丘。'穆公曰：'何马？'对曰：'牡而黄。'使人往取之，牝而骊。"谓求骏马不必拘泥于性别毛色。牝牡，雌雄；骊，黑色。

【品读】

有人长得丑陋但并不让人厌恶，却觉得仍有可观；有人虽然不丑，却令人觉得不足观，大概是前者有特点，后者无特色之故吧！文章也是同样道理。有毛病却仍可爱，无毛病却让人生厌。是张潮重性灵，重个性，重趣味的一贯主张。

山水之缘

游玩山水亦复有缘，苟机缘未至，则虽近在数十里之内，亦无暇到也。

张南邨曰：予晤心斋时，询其曾游黄山否，心斋对以未游，当是机缘未至耳。

陆云士曰：余慕心斋者十年，今戊寅之冬，始得一面。身到黄山恨其晚，而正未晚也。

【品读】

识人与遨游，都要有特殊的缘分。正如张南邨与陆云士所说，心斋之名之缘正广。

世风日下

"贫而无谄，富而无骄"①，古人之所贤也；贫而无骄，富而无谄，今人之所少也。足以知世风之降矣。

许来庵曰：战国时已有贫贱骄人之说矣。

张竹坡曰：有一人一时，而对此谄对彼骄者更难。

【注释】

①"贫而无谄"句：语出《论语·学而》："子贡曰：'贫而无谄，富而无骄，何如？'子曰：'可也；未若贫而乐，富而好礼者也。'"

【品读】

可知孔子"贫而自乐，富而好礼"更见胜境。张潮主张"贫而无骄，富而无谄"。而世道却是世风日降，人心不古。

读书游山无止境

昔人欲以十年读书，十年游山，十年检藏。予谓检藏尽可不必十年，只二三载足矣。若读书与游山，虽或相倍蓰[①]，恐亦不足以偿所愿也。必也，如黄九烟前辈之所云，人生必三百岁而后可乎。

江含徵曰：昔贤原谓尽则安能，但身到处莫放过耳。

孙松坪曰：吾乡李长蘅先生，爱湖上诸山，有“每个峰头住一年”之句，然则黄九烟先生所云犹恨其少。

张竹坡曰：今日想来，彭祖反不如马迁[②]。

【注释】

①倍蓰（xǐ）：倍，二倍；蓰，五倍。

②彭祖：传说是颛顼帝玄孙陆冬氏的第三子，尧封之于彭城，因其道可祖，故称彭祖，年八百岁。马迁：司马迁。

【品读】

读书是生命的提升，游山是生命的寄养。读书和游山是作者的两个重要愿望。在他看来，十年读书，十年游山都远远不够，恐怕再加个几倍的时间，也不足以尽遂所愿，而人生苦短，时不我待。“人生必三百岁而后可”只是美好的愿望吧！

宁为与毋为

宁为小人之所骂，毋为君子之所鄙；宁为盲主司之所摈弃[①]，毋为诸名宿之所不知[②]。

陈康畴曰：世之人自今以后，慎毋骂心斋也。

江含徵曰：不独骂也，即打亦无妨，但恐鸡肋不足以安尊拳耳[③]。

张竹坡曰：后二句足少平吾恨。

李若金曰：不为小人所骂，便是乡愚，若为君子所鄙，断非佳生。

【注释】

①主司：主考官。

②名宿：素有名望的人。

③鸡肋不足以安尊拳：《晋书·刘伶传》："尝醉与俗人相忤，其人攘袂奋拳而往，伶徐曰：'鸡肋不足以安尊拳。'其人笑而止。"鸡肋，这里用来比喻瘦弱。

【品读】

被人所骂与被人所鄙视，滋味都不好受。不过这要看对方是谁，被小人所骂，说明你和他不是一路人，而被君子所鄙视，则自己品性如何，可想而知，两者之间，作者取舍分明。

傲骨不可无

傲骨不可无，傲心不可有。无傲骨则近于鄙夫，有傲心不得为君子。

吴街南曰：立君子之侧，骨亦不可傲；当鄙夫之前，心亦不可不傲。

石天外曰：道学之言，才人之笔。

庞笔奴曰：现身说法，真实妙谛。

【品读】

有傲骨而无傲心，此立身守德之道。有傲骨，也就树立了骨气，做人的尊严、价值和品格全在其中。而傲心是一种自我膨胀、夜郎自大的心态，是无知的表现，此句体现了张潮对于做人尊严、价值和品格的认识。

虫中高士

蝉为虫中之夷齐①，蜂为虫中之管晏②。

崔青峙曰：心斋可谓虫中之董狐③。

吴镜秋曰：蚊是虫中酷吏，蝇是虫中游客。

【注释】

①夷齐：指伯夷、叔齐，商代孤竹君的两个儿子，商亡，二人耻食周粟，饿死在山中。

②管晏：即管仲、晏婴，皆治国之名相。

③董狐：晋国良史。

【品读】

古人以道德节操的前见遍观万物，万物皆成道德节操的符号。

人乐居痴愚拙狂

曰痴、曰愚、曰拙、曰狂，皆非好字面，而人每乐居之；曰奸、曰黠、曰强、曰佞，反是，而人每不乐居之，何也？

江含徵曰：有其名者无其实，有其实者避其名。世有奸邪强之佞实，而貌托痴愚拙狂者，谓为不乐居，恐亦未必。

【品读】

古人常用痴、愚、拙、狂等字来自谦、自许，乐意以这些字眼儿自居。而奸、黠、强、佞，这些也是好字眼儿，却没有人乐意接受。作者这里明显有讽刺之意，奸、黠、强、佞这些明明社会上很吃得开的“好”字眼儿，人们为什么不愿意以此自居呢？

鸟兽易代而异

唐虞之际，音乐可感鸟兽[①]，此盖唐虞之鸟兽，故可感耳。若后世之鸟兽，恐未必然。

洪去芜曰：然则鸟兽亦随世道为升降耶？

陈康畴曰：后世鸟兽，应是后世之人所化身，即不无升降，正未可知。

石天外曰：鸟兽自是可感，但无唐虞音乐耳。

毕右万曰：后世之鸟兽，与唐虞无异，但后世之人迥不同耳。

【注释】

①音乐可感鸟兽：《尚书·益稷》："箫韶九成，凤皇来仪。"韶，虞舜古乐。

【品读】

世道人心，每况愈下，故艺术的感化功能日益弱化。后世之鸟兽一如唐虞之时，唯无九绍耳。

痛痒苦酸

痛可忍，而痒不可忍；苦可耐，而酸不可耐。

陈康畴曰：余见酸子，偏不耐苦。

张竹坡曰：是痛痒关心语。

余香祖曰：痒不可忍，须倩麻姑搔背[①]。

释牧堂曰：若知痛痒，辨苦酸，便是居士悟处。

【注释】

①麻姑搔背：麻姑，传说中的仙女。《太平广记》载，东汉桓帝时，仙人王远（方平）在蔡经家将麻姑召来。麻姑长得像十八九岁的美女，手指纤细如鸟爪。蔡经想，背痒时能得到这样的手搔背，一定很舒服。

【品读】

肉体和灵魂各有其不可忍受的痛苦，端在以意志承受。若有强力意志，何分酸苦？

镜中之影

镜中之影，著色人物也；月下之影，写意人物也[①]。镜中之影，钩边画也；月下之影，没骨画也[②]。月中山河之影，天文中地理也；水中星月之象，地理中天文也。

恽叔子曰：绘空镂影之笔。

石天外曰：此种著色写意，能令古今善画人一齐搁笔。

沈契掌曰：好影子俱被心斋先生画着。

【注释】

①写意：国画的一种画法。线条简练，不追求形象的逼真。

②没骨画：国画花鸟的一种画法，直接用彩色描绘物象。

【品读】

张潮以绘画的视角领悟自然剪影，从对象的角度观自然之趣，此独得之悟。

能读无字之书

能读无字之书，方可得惊人妙句；能会难通之解，方可参最上禅机。

黄交三曰：山老之学，从悟而入，故常有彻天彻地之言。

【品读】

所谓无字之书，所谓难通之解，都意在表达佛门禅机的难以把握。《沧浪诗话》说，“大抵禅道惟在妙悟，诗道亦在妙悟”。对于诗道，一旦了悟，“可得惊人妙句”；对于禅道，“可参最上禅机”。

若无诗酒

若无诗酒，则山水为具文；若无佳丽，则花月皆虚设。

【品读】

山水因诗酒方显其妙；花月因佳丽才有性灵。山水与花月，互有辉映之妙。与前文“若无花月美人，不愿生此世界”旨趣相近。

才子佳人之异

才子而美姿容，佳人而工著作，断不能永年者，匪独为造物之所忌，盖此种原不独为一时之宝，乃古今万世之宝，故不欲久留人世以取亵耳。

郑破水曰：千古伤心，同声一哭。

王司直曰：千古伤心者，读此可以不哭矣。

【品读】

美姿容的才子与有才华的佳，才貌兼具，不仅是一时之宝，更是万世之宝。如果让他们长久留在人世间，难免会沾染世间不良风气，或遭到轻慢侮弄。他们在世间的结局不会美好。那么，造物主就让他们惊艳地亮相后，就将他们收回了。这是张潮对才子佳人会薄命的安慰性答案。

忙人之砚必佳

闲人之砚，固欲其佳；而忙人之砚，尤不可不佳。娱情之妾，固欲其美；而广嗣之妾，亦不可不美。

江含徵曰：砚美下墨可也，妾美招妒奈何？

张竹坡曰：妒在妾不在美。

【品读】

佳人之功，可比笔砚。在男权社会里，妻妾之分俨然，无论是娱情之妾还是广嗣之妾，容貌之美是其生存的资本。

独乐与众乐

如何是独乐乐[1]，曰鼓琴；如何是与人乐乐，曰奕棋；如何是与众乐乐，曰马吊[2]。

蔡铉升曰：独乐乐，与人乐乐，孰乐？曰：不若与人。与少乐乐，与众乐乐，孰乐？曰：不若与少。

王丹麓曰：我与蔡君异，独畏人为鬼阵，见则必乱其局而后已。

【注释】

①独乐乐：《孟子·梁惠王（下）》："独乐乐，与人乐乐，孰乐？"

②马吊：纸牌名，共四十张，四人共玩，始于明万历中，至崇祯时而大盛。

【品读】

古时游戏项目众多，其娱人娱众功能不同。独乐与众乐，张潮有独特阐释，与古人立意大异，显其迥出旁人的见解。

凡物皆以形用

凡物皆以形用，其以神用者，则镜也、符印也、日晷也、指南针也。

袁中江曰：凡人皆以形用，其以神用者，圣贤也、仙也、佛也。

黄虞外士曰：凡物之用皆形，而其所以然者神也。镜凸凹而易其肥瘦，符印以专一而主其神机，日晷以恰当而定准则，指南以灵动而活其针缝，是皆神而明之，存乎人矣。

【品读】

利用镜子反光照影，把符印作为凭证，以日晷测日影，以指南针定方向，这些用处都不是由物件的外形决定的，而是其内在的性质被使用，这是个颇有意义的科技话题。

美人遇美人

才子遇才子，每有怜才之心；美人遇美人，必无惜美之意。我愿来世托生为绝代佳人，一反其局而后快。

陈鹤山曰：谚云："鲍老当筵笑郭郎，笑他舞袖大郎当，若教鲍老当起舞，转更郎当舞袖长。"[①] 则为之奈何？

郑蕃修曰：俟心斋来世为佳人时再议。

余湘客曰：古亦有我见犹怜者。

倪永清曰：再来时，不可忘却。

【注释】

①此乃宋杨亿《傀儡诗》。鲍老：宋代戏剧脚色名。郭郎：丑角。

【品读】

怜香惜玉似非美人本分，而惺惺相惜乃才子份所当为。故不需以才子之心比美人之心。

祭才子佳人法会

予尝欲建一无遮大会[①]，一祭历代才子，一祭历代佳人，俟遇有真正高僧，即当为之。

顾天石曰：君若果有此盛举，请迟至二、三十年之后，则我亦可拜领盛情也。

释中洲曰：我是真正高僧，请即为之，何如？不然，则此二种沉魂滞魄，何日而得解脱耶。

江含徵曰：折柬虽具，而未有定期，佳人亦复怨声载道。又曰，我恐非才子而冒为才子，非佳人而冒为佳人，虽有十万八千母陀罗臂[②]，亦不能具香厨法膳也。心斋以为然否？

释远峰曰：中洲和尚，不得夺我施主。

【注释】

①遮大会：佛教举行的一种以布施为中心的法会。

②陀罗：梵语译音，指佛的法力。《楞严经·六》："故我能现众多妙容，能说无边秘密神咒，其中或现一首三首……乃至一百八臂，千臂万臂，八万四千母陀罗臂。"

【品读】

自古才子佳人，命途多舛，张潮怜才惜玉，欲为其举办无遮大会，以雪其沉冤，其意跃然。

圣贤者

圣贤者，天地之替身。

石天外曰：此语大有功名教，敢不伏地拜倒？

张竹坡曰：圣贤者，乾坤之帮手也。

【品读】

道德人格的极致是古来士子的终的。故以圣贤为目标，倾尽一生不懈的努力，是知识分子的终生使命。

天极不难做

天极不难做，只须生仁人君子有才德者二三十人足矣。君一、相一、冢宰一[①]及诸路总制、抚军是也。

黄九烟曰：吴歌有云："做天切莫做四月天[②]。"可见天亦有难做之时。

江含徵曰：天若好做，不须女娲氏补之。

尤谨庸曰：天不做天，只是做梦，奈何？奈何？

倪永清曰：天若都生善人，君相皆当袖手，便可无为而治。

陆云士曰：极诞极奇之话，极真极确之话。

【注释】

①冢宰：周代官名，为六卿之首。也作大宰，后也称吏部尚书为"冢宰"。

②"做天"句：因此时值梅雨季节。《风土记》："夏至雨名黄梅雨，沾衣服皆败黦。"

【品读】

这一条承上条，张潮想象，假如上天生出二三十个儒家圣贤、仁人君子，那么天下将会大治。可他理想中的圣贤世界，仍遵循君、相、冢宰及诸路总制、抚军这一套封建等级制度，可谓换汤不换药。

掷升官图

掷升官图[①]，所重在德，所忌在赃，何一登仕版[②]，辄与之相反耶？

江含徵曰：所重在德，不过是要赢几文钱耳。

沈契掌曰：仕版原与纸版不同。

【注释】

①掷升官图：古代一种游戏。即在一图上绘出各等官位，以掷骰子点数定官位的升降。

②仕版：官吏名册。

【品读】

德行重于名利，古代此种教育，似乎只在形式？中国古来的教育，大多形式大于内容，故礼仪之邦的文明水准堪忧。

动物中有三教

动物中有三教焉：蛟龙麟凤之属，近于儒者也；猿狐鹤鹿之属，近于仙者也；狮子牯牛之屈，近于释者也。植物中有三教焉：竹梧兰蕙之属，近于儒者也；蟠桃老桂之属，近于仙者也；莲花薝蔔之属，近于释者也。

顾天石曰：请高唱西厢一句，一个通彻三教九流。

石天外曰：众人碌碌，动物中蜉蝣而已，世人峥嵘，植物中荆棘而已。

【品读】

三教之观，通于万物？此见也拘墟。此文化传统在知识分子心中形成的“前见”。

妙　　境

“空山无人，水流花开”二句①，极琴心之妙境。“胜固欣然，败亦可喜”二句②，极手谈之妙境③。“帆随湘转，望衡九面”二句④，极泛舟之妙境。“胡然而天，胡然而帝”二句⑤，极美人之妙境。

【注释】

①这两句是苏轼《十八大阿罗汉颂》中句。

②这两句是苏轼《观棋》诗句。

③手谈：指下围棋。典出《世说新语·巧艺》：“王中郎（坦之）以围棋是坐隐，支公（遁）以围棋为手谈。”

④这两句出自《古诗源》中的《湘中渔歌》，意思是船顺着湘江蜿蜒而下，能够九次看到衡山。

⑤这两句是《诗经·鄘风·君子偕老》诗句。意思是为什么像天那样高贵，为什么像帝那样尊荣。一般解释为是讽刺宣姜的。宣姜为齐侯女，卫宣公山太子伋娶为妻，见其美貌而自娶之，故名宣姜。后宣姜谋杀太子伋，自此卫国多年不得安宁。

【品读】

以诗讽咏生活，此士人自得之乐。琴心、手谈、泛舟、美人，多侧面反映了文人的雅致生活。

受与施

镜与水之影，所受者也；日与灯之影，所施者也。月之有影则在天者为受，而在地者为施也。

郑破水曰：受施二字，深得阴阳之理。

庞天池曰：幽梦之影，在心斋为施，在笔奴为受。

【品读】

受施二字，深得阴阳之理，信然。也反映了张潮对宇宙自然是深度领悟。

水声风声雨声

水之为声有四：有瀑布声，有流泉声，有滩声，有沟浍声。风之为声有三：有松涛声，有秋叶声，有波浪声。雨之为声有二：有梧叶声、荷叶声，有承檐溜竹筒中声。

弟木山曰：数声之中，惟水声最为可厌，以其无已时，甚聒人耳也。

【品读】

水声、风声、雨声，具各有异，此皆为天籁。心斋心净，故万声调和，木山心乱，故有烦乱之声。

文人每好鄙薄富人

文人每好鄙薄富人，然于诗文之佳者，又往往以金玉、珠玑、锦绣誉之，则又何也？

陈鹤山曰：犹之富贵家张山臞野老、落木荒村之画耳。

江含徵曰：富人嫌其悭且俗耳，非嫌其珠玉文绣也。

张竹坡曰：不文虽富可鄙，能文虽穷可敬。

陆云士曰：竹坡之言，是真公道说话。

李若金曰：富人之可鄙者在吝，或不好史书，或畏交游，或趋炎热，而轻忽寒士，若非然者，则富翁大有裨益人处，何可少之？

【品读】

文人鄙薄富人的少文，或富人嘲笑文人的穷酸是同日而语的。没有谁更高贵，没有谁更卑贱。

先读经

先读经，后读史，则论事不谬于圣贤；即读史，复读经，则观书不徒为章句。

黄交三曰：宋儒语录中不可多得之句。

陆云士曰：先儒著书法累牍连章，不若心斋数言道尽。

王宓草曰：妄论经史者，还宜退而读经。

【品读】

经史子集，其义理具有顺次而下的层累性，由经入史，由经的指导可解读史的事件之义理结构，此古人心得。

居城市中

居城市中，当以画幅当山水，以盆景当苑囿，以书籍当朋友。

周星远曰：究是心斋偏重独乐乐。

王司直曰：心斋先生，置身于画中矣。

【品读】

胸中有丘壑，城市皆画中山水。

乡居须得良朋始佳

乡居须得良朋始佳，若田夫樵子，仅能辨五谷而测晴雨，久且未免生厌矣。而友之中又当以能诗为第一，能谈次之，能画次之，能歌又次之，解觞政者又次之[①]。

江含徵曰：说鬼话者又次之。

殷日戒曰：奔走于富贵之门者，自应以善说鬼语为第一，而诸客次之。

倪永清曰：能诗者必能说鬼话。

陆云士曰：三说递进，愈转愈妙，滑稽之雄。

【注释】

①觞政：宴会中执行觞令。

【品读】

可见朋友中，能诗者终为第一。余者一一皆次，张潮不愿接触田夫樵子，此折射了知识分子生活的封闭性。

花鸟品级

玉兰，花中之伯夷（高而且洁）。葵，花中之伊尹也（倾心向日)[1]。莲,花中之柳下惠也(污泥不染)[2]。鹤,鸟中之伯夷也(仙品)。鸡,鸟中之伊尹也(司晨)。莺,鸟中之柳下惠也(求友)。

【注释】

①伊尹:商汤臣。名挚,佐汤伐夏桀,被尊为阿衡(宰相)。

②柳下惠:即春秋鲁大夫展禽。鲁僖公时人,又字季。因食邑柳下,谥惠,故称柳下惠。在鲁国任士师,三次被黜而不离开鲁国。人问其故,他说:"直道而事人,焉往而不三黜?枉道而事人,何必去父母之邦?"(《论语·微子》)

【品读】

张潮的一种新的花鸟分类法:将花、鸟分别比附伯夷、伊尹、柳下惠三位古代贤臣高士。

臭腐化为神奇

臭腐化为神奇,酱也、腐乳也、金汁也[1];至神奇化为臭腐,则是物皆然。

袁中江曰:神奇不化臭腐者,黄金也,真诗文也。

王司直曰:曹操、王安石文字,亦是神奇出于臭腐。

【注释】

①金汁:入药用。制取方法是,在棕皮棉纸上铺黄土,将粪汁浇在上面,滤取清汁,封瓮土埋,逾年取出使用。

【品读】

或化腐朽为神奇,或化神奇为腐朽,文、物皆然。如王司直所云:曹操、王安石文字,亦是神奇出于臭腐。表明曹、王之文学水准,在古代已有定论。

黑与白交

黑与白交，黑能污白，白不能掩黑；香与臭混，臭能胜香，香不能敌臭。此君子小人相攻之大势也。

弟木山曰：人必喜白而恶黑，黜臭而取香。此又君子必胜小人之理也，理在，又乌论乎势？

石天外曰：余尝言于黑处著一些白，人必惊心骇目，皆知黑处有白；于白处著一些黑，人亦必惊心骇目，以为白处有黑。甚矣！君子之易于形短，小人之易于见长。此不虞之誉，求全之毁所由来也。读此慨然。

倪永清曰：当今以臭攻臭者不少。

【品读】

通过对黑与白、香与臭之间关系的分析，张潮得出了悲观结论：在君子、小人的对抗中，君子总处于下风，成为被侮辱、损害的对象。可见，作者的思想有悲观的一面。

耻之一字

耻之一字，所以治君子；痛之一字，所以治小人。

张竹坡曰：若使君子以耻治小人，则有耻且格[①]，小人以痛报君子，则尽忠报国。

【注释】

①有耻且格：见《论语·为政》："道之以政，齐之以刑，民免而无耻；

道之以德，齐之以礼，有耻且格。”意思是说用政令、刑罚来治理，老百姓只能暂时免于罪过，却没有廉耻之心；用德行、礼教来治理，老百姓不但有廉耻之心，而且人心归服。

【品读】

在张潮看来，君子是有道德自觉的人，应对其进行道德谴责，使其知耻达到惩治效果。而小人缺乏道德自觉，对其进行谴责是没有用的，必须对其进行肉体惩罚，才能达到效果。

镜不能自照

镜不能自照，衡不能自权[1]，剑不能自击。

倪永清曰：诗不能自传，文不能自誉。

庞天池曰：美不能自见，恶不能自掩。

【注释】

①衡不能自权：衡，称重量的器具，如秤；权，秤锤，这里是称的意思。

【品读】

诗书，道法，皆赖人之弘扬。

诗必穷而后工

古人云：“诗必穷而后工[1]。”盖穷则语多感慨，易于见长耳。若富贵中人，既不可忧贫叹贱，所谈者不过风云月露而已，诗安得佳？苟思所变，计惟有出游一法，即以所见之山川风土物产人情，或当疮痍兵燹之余，或值旱涝灾祲之后，无一不可寓之诗中，借他人之穷愁，以供我之咏叹，则诗亦不必待穷而后工也。

张竹坡曰：所以郑监门《流民图》[②]，独步千古。

倪永清曰：得意之游，不暇作诗；失意之游，不能作诗。苟能以无意游之，则眼光识力，定是不同。

尤悔庵曰：世之穷者多而工诗者少，诗亦不任受过也。

【注释】

①必穷而后工：语出宋欧阳修《梅圣俞诗集序》："非诗之能穷人，殆穷者而后工也。"

②郑监门：即郑侠，宋福清人，字介夫，因曾监安上门，故称监门。初从学于王安石，后极力反对新法。时遇大旱，他以所见居民流离困苦之状，令画工为《流民图》上奏，促使神宗皇帝废止了"青苗法"等新政。

【品读】

张潮除了在本书中表现出来的闲适情趣，也有关心时代与世俗的热心肠。乱世出诗人，此论一方面古已有之，一方面又有新说，富贵之人，也可借旱涝灾祲，发自己之幽叹，此论别开生面。

附：《幽梦影》批语作者小传

孙恺似：即孙致弥，字恺似，号松坪，江苏嘉定人。工书能诗，有名于时。康熙年间召试称旨，以太学生赐二品官服，充朝鲜采诗使。官至侍读学士，有《杕左堂集》《杕左堂续集》。

查二瞻（1615—1698）：即查士标。字二瞻，号梅壑、懒志。安徽休宁人，后寓居江苏扬州。明诸生，入清未仕。擅书画，其画笔墨疏简，风神闲散，意境荒寒，与弘仁、孙逸、汪之瑞合称"海阳四家"。著有《种书堂遗稿》。

黄略似、黄九烟（1611—1680）：即黄周星。字九烟，号而庵。江苏上元人。崇祯十三年（1640）进士。官户部主事。明亡，遁迹湖州，变名黄人，字略似，后自沉于水。工诗，著有《刍狗斋集》《九烟诗抄》等。

冒辟疆(1611—1693):即冒襄,字辟疆,号巢民,又号朴巢。江苏如皋人。明末副贡。幼有俊才,与方似智、陈贞慧、侯方域合称“四公子”。明亡后隐居不仕。喜性宾客,家有水绘园,极池沼亭馆之胜,常与四方名士为文酒宴游之会。著有《水绘图诗文集》《朴巢诗文集》《影梅庵忆语》。

冒青若:即冒丹书,字青若,冒襄之子。官同知。著有《枕烟堂集》《西堂集》。

张竹坡:名不详。江苏常州人。生卒年不详。约清康熙二十年(1681)前后在世。曾评点《金瓶梅》。

余淡心(1616—?):即余怀。字淡心,又字无怀,别号曼翁,曼持老人。福建莆田人,寓居南京。工诗,曾赋《金陵怀古》诗,王士祯认为堪与刘禹锡比美。与杜濬、白梦鼐齐名,时称“余杜白”。有《味外轩文稿》《研山堂集》《秋雪词》《宫闺小名后录》及笔记《板桥杂记》等。

黄仙裳:即黄云,字仙裳,号旧巢。清泰州(在今江苏省)人,生卒年不祥。善诗文,有《悠然堂集》《桐引楼集》等。

顾天石:即顾彩。字天石,号梦鹤居士。江苏无锡人。工曲,与孔尚任友善,孔所作《小忽雷》传奇,乃顾彩为之填词。自作有《南桃花扇》《后琵琶记》。

尤谨庸、尤慧珠(1647—1721):即尤珍,字谨庸,又字慧珠。号沧湄。尤侗(悔庵)之子。康熙二十年(1681)进士,曾任《大清会典》《明史》《三朝国史》纂修官,日讲起居注官。著有《沧湄札记》《沧湄类稿》《晬示录》。

石天外:即石庞,字天外。安徽芜湖人。生卒年不祥,约康熙年间在世。工曲,著有《因缘梦》传奇。另有《天外谈》四卷传世。

龚半千:即龚贤,又名岂贤。号半亩、半千、野遗、柴丈人。江苏昆山人,寓居金陵(南京市),筑半亩园于清凉山,尝自绘肖像,作扫叶僧,因名寓所为“扫叶楼”。能诗,黄周星、周亮工、朱彝尊皆推许之。工画山水，与樊圻、高岑、邹喆、吴宏、叶欣、胡慥、谢荪合称“金陵八家”。著有《香草堂集》《画诀》等。

尤艮斋、尤悔庵(1618—1704)：即尤侗。字同人、展成，号悔庵、艮斋、西堂老人。长洲(今江苏苏州)人。顾治拔贡，康熙时举博学鸿词科，授翰林院检讨，与修《明史》三年，告归。博闻强记，才思敏捷，清帝顺治、康熙曾分别称其为“真才子”“老名士”。擅诗、词、骈文。工曲，作有传奇《钧天乐》、杂剧《读离骚》《吊琵琶》《桃花源》《黑白卫》《清平调》，合称《西堂曲腋》。另有诗文集《鹤栖堂文集》。

陆云士：即陆次云，字云士。浙江钱塘(今杭州人)。康熙年间曾任郏县、江阴知县。著述颇多，有《八纮绎史》《纪余》《八纮荒史》《峒溪纤志》《志余》《湖壖杂记》《北墅绪言》《澄江集》《玉山词》等。

孔东塘(1648—1718)：即孔尚任。字聘之，季重，号东塘、岸堂、云亭山人。山东曲阜人。孔子六十四代孙，初隐石门山中，康熙帝南巡至曲阜，被召讲经，破格授国子监博士，官至户部员外郎。博学、通音律。历时十余年，作传奇《桃花扇》。与《长生殿》作者洪昇有“南洪北孔”之称。又与顾彩合作传奇《小忽雷》。有诗文集《岸塘文集》《湖海集》及杂著《阙里新志》《合心录》《节序同风录》等。

王勿翦：即王棠，字无翦。清歙(属今安徽省)人。有《知新录》传世。

王安节(1645—约1710)：即清代画家王概。初名丐，字东郭。后改名概，字安节。浙江秀水(今嘉兴)人，居江苏金陵(今南京)。以卖画为生。与当时名流李涣、程邃、孔尚任、周亮工等交往。曾为《芥子园画传》编绘山水集。著有《画学浅记》。

王宓草(?—1733)：即王蓍。原名尸，字宓草，号湖村。善画山水花鸟，兼工篆刻。与兄王概(安节)并驱，时人以元方，季方目之。

梅雪坪(1640一约1722)：清代画家、诗人梅庚，字耦长、耦耕、子长，号雪坪、听山翁、南书生。安徽宣城人。康熙二十一年(1682)举人，官泰顺知县。擅画山水花卉，为黄山派名家。工诗，为王士祯所推重。著有《听山诗抄》《漫与集》《雪坪诗抄》《知我录》等。

姜学在(1647—1709):即清代画家姜实节,字学在,号鹤涧、思未。山东莱阳人,寄居江苏苏州。工诗、书、画。著有《焚余草》。

余生生:即余榀(同本),字生生,号钝庵,四川青神人。明诸生,世袭锦衣卫。明亡后,寓居鄞(浙江宁波)之西湖,署其居为借鉴楼,结"七子诗社",与诸名士唱和其中。著有《增益轩诗草》。

吴野人(1618—1684):即吴嘉纪,字宾贤(一作宾昊),号野人。泰州(今属江苏)人。蛰居安丰盐场,滨海无交游,自名居所曰:"陋轩"。生活贫困,不废吟咏。其诗风骨遒劲,自成一家。著有《陋轩诗集》。

陈康畴:即陈均,字康畴。清歙(属今安徽)人。著有《画眉笔谈》。

吴听翁、吴园次(1619—1694):即吴绮。字园次(一作薗次,薗同园)号听翁、丰南、红豆词人。江苏江都(今扬州)人。顺治十一年(1654)拔贡生,以荐授秘书院中书舍人。任浙江湖州知府时,多惠政。湖州人因其多风力,尚风节,饶风雅,故称为"三风太守"。罢归后,贫无田宅,购废园而居,有求诗文者,以花木为润笔,因名其园曰"种字林"。才华富瞻,诗、词、曲、骈文,各体兼能,著有《岭南风物记》《林蕙堂集》、传奇《啸秋风》《绣平原》《忠悠记》,辑有《宋金无诗》《选声集》。

曹实庵(1634—1698):即曹贞吉。字升六,号实庵。山东安丘人。康熙三年(1664)进士。官至礼部郎中,介特自许,为清议所重。工诗词,寓居北京时,常与宋荦、田雯等相倡和,时称"燕台十子"。著有《朝天集》《鸿爪集》《黄山纪游》《实庵诗略》《珂雪诗》《珂雪词》。

狄立人:即狄亿。字立人,号向涛。溧阳(属今江苏省)人。康熙进士。著有《洮河渔子集》。

汪舟次(1626—1689):即汪楫。字舟次(一作次舟),号悔斋。安徽休宁人,寄籍江都(今江苏扬州)。康熙十八年(1679)应"博学鸿儒"试,列一等,授翰林院检讨,纂修《明史》。充册封琉球正史,不受赠,国人建"却金亭"以志之。官至福建布政使。楫工诗,与吴嘉纪(野人),孙枝蔚齐名,著有《悔斋正续集》《观海集》。也能曲,作有《补天石传奇》。

程穆倩(1605—1691):即程邃。字穆倩、朽民,号垢区、青溪、垢道人,野全道者、江东布农。歙县(今属安徽)人,晚年侨居扬州。明诸生。长于金石考证,篆刻取法秦汉,而能自见笔意。擅山水,为新安画派中主要画家。工诗文,著有《会心吟》《萧然吟诗集》。

梅定九:即梅文鼎。字定九,号勿庵。清宣城(属今安徽省)人。笃志嗜古,尤精历算之学。著天文、数学书八十余种,魏荔彤纂刻者共二十九种,后文鼎之孙重新编定,更名《梅氏丛书》计二十五种。能诗文,著有《绩学堂诗文抄》。

吴街南、吴晴岩:即吴肃公。字雨若,号晴岩,又号街南。清宣城(属今安徽)人。著述颇丰,著有《诗问》《姑山事录》《明语林》《读礼问》《广祀典仪》《街南文集》。

陈定九:即陈鼎。字定九。清江阴(属今江苏)人。著有《东林列传》《留溪外传》《滇黔纪游》《黄山志概》《竹谱》《荔谱》《蛇谱》。

袁士旦、袁中江:即袁启旭。字士旦。清宣城(属今安徽)人。工诗,诗风踔厉顿挫。著有《中江纪年稿》。

王丹麓(1636—?):即王晫。初名棐,号木庵、丹麓、松溪子。清仁和(今浙江杭州)人。好学博览,藏书数万卷。筑"墙东草堂",吟咏其中。性喜宾客,当时士大夫多与之交游,与《幽梦影》作者张潮友善。家既贫,犹喜刻书,尝刻张潮所编《檀几丛书》五十卷。著有《今世说》《遂生集》《霞举堂集》《杂书十种》《墙东草堂集》。

纪伯紫:即纪映钟。字伯紫、檗子,号憨叟、钟山遗志。清上元(今江苏南京)人。与其妹映淮(小字阿男)俱善诗。著有《真冷堂诗稿》。

施愚山(1618—1683):即施闰章。字尚白,号愚山、蠖斋。宣城(属今安徽)人。顺治六年(1649)进士。历任刑部主事、山东学政,与莱阳宋琬齐名,时称"南施北宋",又与同邑高泳友善,据东南词擅数十年,号为"宣城体"。著有《学余堂文集》《学余堂诗集》《蠖斋诗话》等。

曾青藜：即曾灿。字青藜，一字止山。原名传灿。宁都（今属江西）人。少有诗名，选海内名家诗，成《过日集》。明亡，削发为僧，浪迹闽浙两广间。后归乡，筑"六松草堂"，躬耕养母。为"易堂九子"之一。著有《止庵集》《西崦草堂集》。

杜茶村、杜于皇（1611—1687）：即杜濬，原名诏先，字于皇，号茶村。湖北黄冈人。明崇祯时太学生。明亡。寓居金陵，性廉介，家贫，不轻受人惠。诗法杜甫，风格豪健、浑厚。尤长于五律。著有《变雅堂集》。

许筠庵：即许承宣，字力臣，号筠庵。江都（今江苏扬州）人。康熙进士，官工科给事中。著有《青岑文集》。

靳熊封：即靳治荆，字熊封。清汉军镶黄旗籍，官至吉安知府。著有《思旧录》。

宗子发：即宗元豫，字子发。上元（今江苏南京）人。明诸生。明亡。其父宗万化卒于潮州通判任所，元豫扶榇归，无钱埋葬。十余年后始买地葬父。自是不复应举，隐居昭阳土室中，考订经史，著史论数十篇，见解独到。又著有《识小录》，记二十一史琐事。

徐松之：即徐崧，字松之。清吴江（在今江苏省）人。有诗名。好游佳山水，与其友张大纯合著《百城烟水》。

崔青峙：即崔如岳，字岱斋，一字青峙。获鹿（在今河北省）人。康熙举人，举博学鸿儒，授检讨。工诗，古体苍坚英拔，绝句似王昌龄、岑参。著有《坐啸轩集》。